KB179400

세상을 읽어내는

화가들의 수다

명작에 숨겨진
이야기로 인생을 배우다

글 백영주

어문학사

Prolog

'생활예술'을 꿈꾸며

유학 시절 종종 찾았던 뉴욕현대미술관(MoMA) 아트샵에는 다양한 가격대의 상품들이 마련되어 있어 비교적 저렴한 가격에 살 수 있는 예쁜 기념품들이 많았다. 필자는 '생활이 곧 예술'이라는 생각을 갖고 있다. 예술은 부유층들만이 즐기는 것이라는 생각에서 벗어나 보다 다양한 사람들이 일상 속에서 예술을 접하길 원했다.

필자의 생각이 실현된 것은 2010년 귀국 후에 '감당할 만한 미술연구회'를 운영하면서부터였다. 회원들이 대진 지역 내 젊은 작가들의 작품을 구입해 후원해 주는 낙찰계 모임으로 2015년까지 운영하였다. 2016년부터는 주 1회 모여 콘서트를 열고,

화가의 삶 등 일반 대중들이 쉽게 이해할 수 있는 흥미로운 미술 이야기를 들려주는 '갤러리 봄 문화살롱'으로 발전하였다.

이외에는 신문 칼럼 연재와 대전시민대학 등에서의 강의를 통해 대중과 예술 컬렉터들을 이어주는 역할을 하고 있다.

그림 하나의 이해를 돕기 위해 여러 개의 그림을 함께 이야기하는 방식으로 강의와 연재를 진행했다. 이를 현대와 고전으로 나눠 이 책에 담았다.

책을 통해 만나는 독자들에게도 예술이 쉽고 재미있는 일상으로 다가오길 바란다.

contents

권력의 심장부에서 권력을 향해 쏘다

고야 | 1808년 5월 3일

5월은 전 세계적으로 각종 행사, 기념일 등이 많은 축제의 달이다. 이는 우리나라도 마찬가지라 어린이날, 어버이날, 스승의 날, 석가탄신일 등 챙겨야 할 날이 많아 정신없다는 느낌마저 들 때가 있다. 그 많고 많은 날들 중 비록 공휴일은 아니지만 한국인이라면 뜻 깊게 생각해야 할 날이 있으니, 군화에 짓밟히면서도 목숨을 아까워하지 않고 민주화에 대한 열망을 꽃피웠던 광주 민주화 운동이 있던 5월 18일이다. 그렇다면 1808년 5월 3일의 스페인

고야, 〈1808년 5월 3일〉

은 어땠을까, 조국을 침략한 프랑스군에 맞섰던 시민들이 처참하게 학살당하는 현장을, 고야는 그림으로 남겼다.

왕의 측근이었으면서도 초상화로 우둔한 왕을 신랄하게 비판했던 고야가 그림 속 시대정신을 절정으로 드러낸 작품이 바로 〈1808년 5월 3일〉이다.

프랑스 군대는 1808년 스페인을 침공하고 이베리아 반도를 점령해 나폴레옹의 형이 스페인의 왕위에 올랐다. 영국군이 개입해 다시 페르난도 7세가 왕위에 오르는 1814년까지 스페인 전역에서는 반도전쟁이라 불리는 대 프랑스 전쟁이 발발했다. 미구엘 감보리노의 판화 구도를 차용한 〈1808년 5월 3일〉은 프랑스군이 스페인 시민들이 일으킨 폭동을 진압하는 과정에서 시민들을 처참히 학살한, 인간의 폭력성이 날것 그대로 표출된 이 사건을 토대로 그린 것이다. 고야는 '유럽의 폭군에 맞선 우리의 숭고하고 영웅적인 행동을 그림으로 그려 영원히 남기고 싶다'고 말했을 정도로 이 그림에 열정을 듬뿍 담았다. 이런 영웅적인 행동을 묘사하기 위해서 중앙의 남자를 흰 셔츠에 예수처럼 십자가에 못 박힌 형상을 모티브로 그렸다고 보는 견해도 있다.

이 작품은 이후 마네의 〈막시밀리안 황제의 처형〉, 피카소의 〈게르니카〉 등에 영감을 주기도 했다. 고야가 프랑스군의 무자비함과 스페인 국민들의 당당한 저항을 그린 지 약 50년 후 프랑스인인 마네가 이번에는 프랑스인인 막시밀리안 황제가 멕시코 정부에 의해 총살되는 장면을 그린 것이다. 매우 간결하게 황제의 최후를 묘사하였다. 이 때문에 그림이 더욱 섬뜩해진다. 사수에게는 일말의 감정도 찾을 수 없다. 그림이 전달하고 있는 무서우리만치 차가운 비인간성이 도리어 휴머니즘을 불러일으킨다. 피카소의 〈게르니카〉는 극적인 구도와 흑백의 교묘하고 치

마네, 〈막시밀리안 황제의 처형〉

밀한 대비효과로 죽음의 테마를 응결시킨 대작으로, 20세기의 기념비적 회화로 평가된다. 게르니카는 스페인 바스크 지방의 작은 도시로, 1937년 스페인 내란 중 독일의 무차별 폭격으로 폐허가 되었다. 피카소는 이 소식을 듣고 한 달 반 만에 대벽화를 완성, '게르니카'라고 이름을 지었다. 복잡한 표현으로 전쟁의 공포와 사람들의 슬픔을 격정적으로 표현한 작품으로 상처 입은 말, 버티고 선 소는 피카소가 자주 쓰는 소재인 투우를 연상케 하며, 흰색 · 검은색 · 황토색으로 압축한 단색화에 가까운 배

피카소, 〈게르니카〉

색이 슬픈 느낌을 고조시킨다.

시 · 공간이 다르더라도 변하지 않는 절대적인 가치 중 하나는 바로 인간의 존엄성이다. 고야는 이 존엄성이 철저히 무시된 1808년의 학살 현장을 그림으로 남기며 후손들에게는 이런 비극이 일어나지 않기를 바랐을 것이다. 하지만 어리석은 역사가 반복되어 〈막시밀리안 황제의 처형〉과 〈게르니카〉를 낳은 게 아닐까.

어둠 속에서 일렁이는 희망을 보다

고흐 | 별이 빛나는 밤

즐겨보는 영국 드라마 「닥터 후(Doctor WHO)」 시즌5 - 10회에 고흐가 등장했다. 주인공 일행이 외계인들로부터 고흐를 구하기 위해 18세기로 시간 여행을 떠난 것이다. 여기서 고흐는 주인공들과 같이 들판에 누워 그의 시선으로 하늘을 보자고 제안하는데, 평생 어지럼증에 시달렸다고 전해진 고흐의 눈으로 빛의 생생한 흐름을 보여주는 드라마 속 명장면은 바로 〈별이 빛나는 밤〉을 모티브로 만들어졌다.

고흐는 인상주의와 우키요에의 모든 강점을 자기 작품에 담길 바랐다. 붓자국을 짧게 끊거나 물감을 두껍게 바르는 기법을 통해 내면의 열정과 격렬함을 드러낸 것이다.

고흐의 대표작 중 하나인 〈별이 빛나는 밤〉은 그가 고갱과 다투고 자신의 귀를 자르는 소동을 벌인 후 생 레미의 요양원에 있을 때 그렸다. 잘 짜여진 구도 속에서 역동적인 힘을 발산하고 있는 작품으로, 그림에 감정을 아낌없이 쏟기 위해 심지어 그는 정물의 형태까지 비틀었다. 이 작품에서도 실제 풍경과는 다소 다른 형태로 작품을 완성했다. 오른쪽의 산은 실제 모습과 다르고, 왼쪽의 사이프러스는 고흐가 임의로 그려 넣은 것이다. 병실 밖에 내다보이는 밤 풍경을 기억과 상상을 결합시켜 자신만의 감정을 담은 셈이다. 요양원에 가기 전에 그린 〈아를의 별이 빛나는 밤〉하고 비슷한 톤이면서도 붓질의 느낌이 확연히 다르다. 거의 막다른 골목에 갇힌 것과 다름없는 상황에서도 붓의 힘은 더 강렬해지고 색채 대비도 더욱 돋보인다.

그는 '분수에 맞지 않는 삶'을 접고 수도사와 같은 생을 살아야 한다고 동생 테오에게 고백하면서 요양원이나 군대에 가면 마음의 병을 이겨낼 수 있을 거라 생각했다. 하늘은 어둡고 우울한 분위기를 풍기지만, 달과 별은 영롱하게 빛난다. 그는 마지막까지도 희망을 잃지 않았다. 위대한 자연에 기대어 마음의 병까지 치료하고 싶었던 걸까, "별을 보는 것은 언제나 나를 꿈꾸게

고흐, 〈별이 빛나는 밤〉, 1889

한다"면서 "왜 하늘의 빛나는 점들에게는 프랑스 지도의 검은 점처럼 닿을 수 없을까? 우리는 별에 다다르기 위해 죽는다"며 현실의 고통을 예술로 승화시켰다.

드라마 속 마지막 장면에서는 주인공이 고흐를 위해 현재의 오르세 미술관에 데려가고, 큐레이터에게 고흐에 대해 묻는다. 큐레이터는 이렇게 대답한다. "반 고흐는 화가들 중에서도 으뜸입니다. 가장 유명하고 위대하며, 또한 가장 사랑받는 화가일 겁니다. 그의 색채 감각은 매우 뛰어나며, 그의 찢어질 듯한 아픔을 예술로 아름답게 승화시켰죠. 자신의 격정과 아픔을 즐거움과 환희, 거대한 세상으로 표현한 것은 전례가 없던 일이고, 앞으로도 그런 작품은 나오지 못할 거라고 봅니다. 프로방스의 평지를 방황하던 이방인이자 야만인이었던 그는 단지 세계 최고의 예술가일 뿐만 아니라, 이 세상 최고의 사람이었음이 분명할 거예요." 고흐는 이 말을 듣고 기쁨에 겨워 눈물을 흘린다. 대중들의 고흐에 대한 사랑을 한가득 담아 만든 이 에피소드는 시즌 5에서 가장 화제가 되기도 했다. 살아생전엔 그림을 단 한 점밖에 팔지 못했지만, 지금은 전 세계적인 대가가 되어 있다는 것을 고흐 자신은 알까?

고흐, 〈아를의 별이 빛나는 밤〉, 1888~1889

닿을 수 없는 별을 사랑한 남자

고흐 | 아를의 별이 빛나는 밤

별을 사랑하고, 별빛의 아름다움을 아는 사람이라면 고흐의 그림을 좋아하지 않을 수가 없다. 밤하늘에 빛나는 별을 그렇게 강렬하게 눈에 새겨주는 화가는 흔치 않기 때문이다. 우리나라에서는 삼성자동차 CF에도 등장한 〈별이 빛나는 밤〉이 가장 사랑받고 있지만, 별자리에 관심이 많다면 북두칠성이 한가운데 박힌 〈아를의 별이 빛나는 밤〉이 더 뇌리에 남을 것이다.

"나는 지금 아를의 강변에 앉아있다. 욱신거리는 오른쪽 귀에서 강물소리가 들려. 이 강변에 앉을 때마다 목 밑까지 출렁이는 별빛의 흐름을 느낀다. 나를 꿈꾸게 만든 것은 저 별빛이었을까? …. 별은 심장처럼 파닥거리며 계속 빛나고, 캔버스에서 별빛 터지는 소리가 들린다."

고흐는 별을 사랑했다. 테오와 주고 받았던 편지 속에서 그가 얼마나 밤에 볼 수 있는 아름다움에 흠뻑 빠져 있었는지 알 수 있다.

작품의 대부분을 압도적으로 차지하고 있는 밤하늘은 짙고 강렬한 붓 터치가 단연 눈에 띈다. 북두칠성을 담은 큰곰자리는 중앙에 넓게 자리 잡고 있는데, 별의 가운데에 흰색 물감을 발라 하이라이트 효과를 주었다.

원래의 밑그림은 지금과 많이 달랐다. 프랑스 미술관 연구소에서 조사한 결과에 따르면, 고흐는 다양한 단계를 거쳐 풍경을 구상 · 변형시켰다고 한다. 특히 작품의 X선 촬영 사진을 보면 마지막에 그린 것들이 처음과는 조금 다름을 알 수 있다. 또한 작품을 수정하기 위해 일정 질감의 두께로 물감을 칠한 붓 터치의 변화된 방향도 확인할 수 있다.

애초에 고흐가 잡았던 이 작품의 초점은 화폭의 강둑 입구쪽으로 둑과 지평선이 한점으로 모이는 지점이었다. 이 최종 완성 작품에서는 그가 원했던 것처럼 구성의 균형을 유지하고 주

고흐, 〈아를의 별이 빛나는 밤〉, 1888~1889

의를 빛과 하늘 쪽으로 이동시켜 초점이 조정되었다. 자연광과 인공의 빛을 결합하고자 했던 그는 강가가 이루는 곡선 위로 노란색 붓 터치로 일정한 간격을 두고 작은 불빛들을 찍어 표현해 '아를의 빛'을 작품 속에 투영했다. 비평가 루이 반 틸보르그의 표현을 빌리자면, 반 고흐는 하늘에 비현실적이고 환상적인 분위기를 창조하기 위해 전경의 땅을 축소시킴으로써 작품 속에서 '무한의 공간(하늘)에 대한 은유'를 창조했다.

〈별이 빛나는 밤〉에서는 정신병원에 입원한 고독을 강렬하게 표현했다면 〈아를의 별이 빛나는 밤〉은 그에 비해 고요한 느

고흐, 〈별이 빛나는 밤〉, 1889

낌마저 든다. 구석에는 로맨틱한 연인의 모습까지 그려내 한층 부드러운 분위기를 자아낸다. 저 연인은 실제로 존재했다기보단 고흐의 심리상태를 드러낸 게 아닐까 싶다. 그의 마음을 투영한 '지상의 연인'은 서로 팔짱을 낀 채 밤하늘 아래를 오붓하게 걷고 있지만 현실인 '천상의 별'은 각자의 거리를 유지한 채 가까워지지 않는다. 항상 그 자리에서 홀로 빛날 뿐. 아름답지만 결코 닿을 수 없는 별과 지상의 연인. 이는 순수한 예술에의 갈망을 불태웠지만 생전엔 예술적으로 인정받지 못했고, 인간적인 교감조차도 순탄치 못했던 고흐의 갈망이 고스란히 담겨 있는 것만 같다.

'나'를 들여다보며 키우는 예술에의 깊이

고흐 | 자화상

좋아하는 명언 중 『손자병법』의 '지피지기백전불태(知彼知己百戰不殆)'라는 말이 있다. 적을 알고 나를 안다면 100번을 싸워도 위태롭지 않다는 뜻이다. 승패를 가르는 싸움에서도 중요한 '나 자신 알기'는 철학은 물론 예술에서도 그 중요성이 부각된다. 사물과 타인을 완벽히 이해하고 이를 자신만의 예술적 기준에 담아내기 위해서는 먼저 화가 자신에 대한 성찰과 이해가 먼저 있어야 할 것이다. 이를 위해 생겨난 것이 바로 '자화상'으로, '나는 누구

뒤러, 〈자화상〉, 1500

고흐, 〈고갱을 위한 자화상〉, 1888

인가'라는 근본적인 질문의 답인 동시에 자신을 표현하는 가장 첨예한 형태의 예술인 셈이다.

화가들은 자화상을 그릴 때 대부분 그림을 그리고 있는 장면을 주로 화폭에 담아 정체성을 드러냈다. 혹은 렘브란트처럼 화려한 의상으로 높은 사회적 지위를 과시하기도 했다. 뒤러의 경우 1500년의 〈자화상〉에서는 예수를 본받는다는 의미에서 본래 모습이 아닌 성인, 즉 예수의 이미지로 자신을 형상화해 종교계의 비판을 받기도 했다.

고흐는 자화상에 어두운 말년을 거리낌없이 드러낸 렘브란트처럼 자신의 독특한 심리상태를 반영했다. 후원자 겸 남동생 테오에게 쓴 편지에는 '스스로를 그리는 건 어려운 일이야. 렘브란트의 자화상들은 그의 풍경화보다 더 많아. 그 자화상들은 일종의 자기 고백과 같은 거지'라고 쓴 적도 있다. 그는 무려 43점의 자화상을 그렸다.

그중 1888년 고갱과의 교류를 기대하며 그린 〈고갱을 위한 자화상〉은 흔히 볼 수 있는 고흐의 자화상들하고는 확연히 다르다. 짧게 깎은 머리에 광대뼈가 튀어나온 야윈 얼굴은 옥색의 배경 덕에 더욱 튀어 보이는 느낌을 받는다. 슬프거나 우울한 것과는 약간 거리가 먼 묘한 표정이 고갱을 기다리던 설레는 마음과, 그가 오지 않을까 불안해했던 심리가 뒤죽박죽 섞여 있음을 알게 한다.

자화상으로 이미 고갱과의 행복하지만은 않은 동거를 암시했던 것일까, 많은 이들이 알다시피 얼마 가지 않아 고흐가 귀를 스스로 자르고 정신병원에 스스로 입원하면서 고갱과의 관계는 파국을 맞게 된다. 1889년의 〈자화상〉은 그가 끊임없는 망상과 발작에 시달렸던 때 그려졌다. 정신병원에서 자화상이 6점이나 탄생했는데, 그중 가장 격렬한 감정을 표현한 이 그림에서 고흐는 평소 옷차림이 아닌 단정한 양복을 입고 있다. 작품에 주로 쓰인 색채는 옅은 청록색으로 고흐의 머리와 수염에 쓰인 주황색과 보색대비와 같은 효과를 준다. 이로 인해 주황색 머리카락은 더욱 강조되었다. 고흐 특유의 소용돌이 무늬는 정신병원에 입원한 시기부터 주로 나타나며, 이는 그가 당시 겪고 있던 고통과 불안함을 그대로 보여주고 있다.

그는 갈색이 주를 이루는 초기의 사실주의적 자화상에서부터 인상주의적 색채와 기법을 거쳐 자기만의 개성이 돋보이는 후기작에 이르기까지 많은 변화 과정을 거쳐 자화상을 완성했다. 그는 단순히 렘브란트 등 과거의 화가들로부터 받은 영향에만 그치지 않고, 예술을 향한 강한 욕망의 발현이나 기대, 우울 등 심리적인 요소를 그대로 자화상에 담고자 했다. 그는 자신조차 모르고 있던 자신의 모습, 모든 다양한 자아를 샅샅이 그려내 '지피지기백전불태(知彼知己百戰不殆)'의 상태로 예술의 초극에 오르기 위해 수많은 자화상을 그렸던 것이다.

고흐, 〈자화상〉, 1889

태초의, 그리고 아름다운 연인

알브레히트 뒤러 | 아담과 이브

인류 최초의 연인은 누구일까? 기독교적 입장에서 거슬러 올라가보자면, 아담과 이브를 들 수 있다. 하지만 태초의 인간인 동시에, 어리석음으로 신의 말을 어기고 선악과를 먹어 인류에게 고통을 줬다는 이야기 때문인지 그들을 보는 시선이 곱지만은 않은 게 태반이다. 하지만 뒤러의 그림 속에서 이들은 부드럽고 밝은 분위기의 남녀로만 보일 뿐이다.

알브레히트 뒤러, 〈아담과 이브〉, 1507

알브레히트 뒤러, 〈아담과 이브〉, 1504

뒤러가 두 번째로 이탈리아를 방문한 직후 완성한 이 〈아담과 이브〉는 에스파냐 마드리드에 있는 프라도미술관에 소장되어 있다. 구약성서의 《창세기》에 나오는 인류의 시조인 아담과 그의 갈비뼈로 만들었다는 이브가 뱀, 즉 사탄의 유혹에 넘어가 금단(禁斷)의 과실을 따먹었다는 이야기를 바탕으로 그린 작품으로, 누구의 의뢰로 그려진 작품인지는 밝혀지지 않고 있다. 15

세기 독일미술에는 아담과 이브를 그린 작품이 거의 없으며, 있다고 해도 종교적 상징에 불과했는데 뒤러는 이를 대형 화면에 유화로, 등신을 정확하게 그렸다는 점에서 미술사에서 중요하게 평가된다.

아담과 이브는 서로를 바라보고 있지만 두 사람은 각각의 공간을 차지하고 있다. 아담은 선악과가 달린 나뭇잎을 들고 자신의 앞을 가리고 있으며, 이브는 선악과를 든 채 화가 서명판을 쥐고 있다. 이 서명판은 1504년에 그린 판화이자 또 다른 〈아담과 이브〉의 생명의 나무에도 걸려 있다. 지금은 화가들도 자신의 작품을 적극적으로 홍보하고 판매나 유통에도 관여하고 있지만, 이때만 해도 뒤러처럼 자신을 작품 안에서까지 적극적으로 드러낸 화가는 흔치 않았다. 이런 점으로 미루어 볼 때 뒤러는 강한 자의식을 갖고 있던 화가였음을 짐작할 수 있다.

1504년과 1507년의 〈아담과 이브〉는 아담과 이브를 그린 많은 그림 중 그 묘사와 인문학적 깊이로 손꼽히는 수작으로 꼽히고 있다. 500년 전의 판화와 유화라고는 믿기지 않을 만큼 뛰어난 이 작품의 비밀은 수학에 있다. 뒤러는 이탈리아 르네상스의 영향을 받아 가장 이상적인 인체 탐구에 매료되었으며 수학적 측정을 통해 최고의 비례를 정형화할 수 있다고 생각한 것이다.

동시대에 활동했던 작가들의 그림과 비교해 보는 것도 재미있다. 같은 독일 화가인 한스 발동 그린이 1524년에 그린 〈아담

한스 발동 그린, 〈아담과 이브〉, 1524

과 이브〉는 뒤러가 그린 것과 사뭇 느낌이 다르다. 왠지 아담과 이브보다는 신화 속에 나오는 제우스나 비너스와 같은 웅장한 느낌이 든다. 늘씬한 팔등신의 모습을 보고 있으면 일반적인 종교화와는 달리 생생한 건강미가 느껴질뿐더러, 1531년의 〈아담과 이브〉에게는 에로틱함까지 느껴진다. 점점 신의 영역에서 인간의 영역으로 넘어오는 시대의 흐름이 한눈에 보인다.

다시 뒤러의 그림으로 넘어와서, 1504년의 빽빽한 배경과는 달리 1507년의 〈아담과 이브〉는 오로지 그 두 사람이 그림의 중심으로 자리하고 있어 더더욱 두 연인의 다정하고 위험한 순간이 뇌리에 박힌다. 원죄로 인해 고통받는 모습이 아닌 밝고 경쾌한 표정, 발걸음 등으로 인간의 생명과 아름다움을 찬양한 것이 이 그림이 유명한 이유가 아닐까.

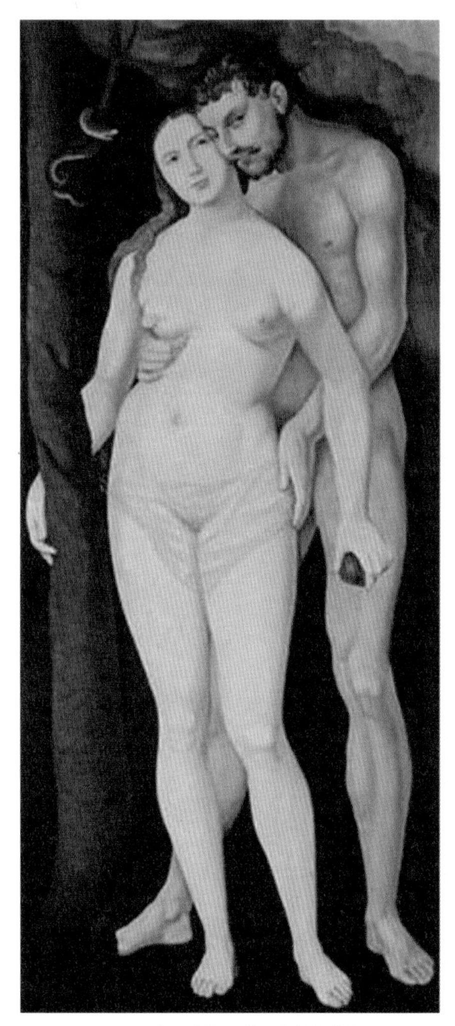

한스 발동 그린, 〈아담과 이브〉, 1531

시대에 앞선 화가, 현대보다 더 현대적으로 자신을 어필했던 화가

알브레히트 뒤러

현대미술에 있어서 화가의 이데아(생각)는 사실상 자의식의 표현이자 작품의 근간이 되는 것이라 볼 수 있다. 하지만 현실을 모방하여 표현하는 기술자의 의미로만 생각했던 시대에 자의식과 정신을 표현하는 것은 철학과 종교, 아카데미의 권력 등에 밀려 쉬운 일이 아니었다.

작품에 있어 화가의 정신을 표현하는 것 중에 하나가 기본적으로 자화상에 있다고 볼 수 있다.

그림을 주문을 받아 제작하는 기술공으로만 여겼던 중세의 관점에서 보면 자화상으로 자의식을 표현하는 것은 어떻게 보면 이상한 일이었을지도 모른다. 하지만 현대의 화가들은 물론이며 르네상스 이후 많은 화가들이 자신의 자화상을 자연스럽게 그리고 표현해왔다. 대중들에게 유명한 고흐의 자화상은 정신적으로 힘들었던 고흐의 내면을 스스로 자른 귀를 수건으로 가리고 그린 것으로 표현되었다. 학교 교육과정에서도 자신의 얼굴을 표현하는 것은 기본적인 수업으로 간주되고 있을 만큼 자연스러운 일이다.

시대의 분위기나 사조가 그 시대를 살아가는 개개인에게 얼마만큼의 영향을 미치는지는 과거 역사를 보면 조금은 쉽게 알 수 있을 것이다. 우리나라만 해도 조선시대의 규율이나 풍습이 요즘 시대에 통용된다고 한다면 이질감뿐만 아니라 아예 시행되지도 않을 것이다. 그렇게 본다면 화가가 화가로써의 자의식을 표현하는 것을 상상할 수 없었던 중세시대, 그리고 그 이전 시대에는 자화상에 대한 개념이나 욕구에 대해서도 접근하는 것이 어려웠을 것이라는 짐작이다.

여기에서 자신의 모습을 신성하리만큼 강하게 표현한 르네상스시대 독일 출생 화가 알브레히트 뒤러를 빼놓을 수 없을 것이다. 뒤러는 독일의 화가로 판화가이자 철학과 인문학에도 조예가 깊었던 미술이론가이기도 하다. 독일 르네상스 회화의 완

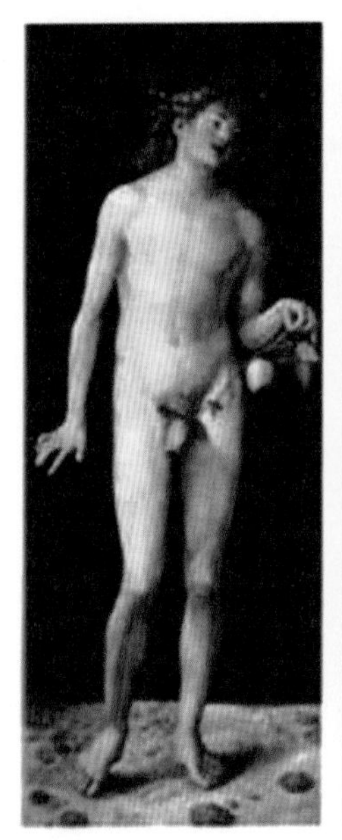
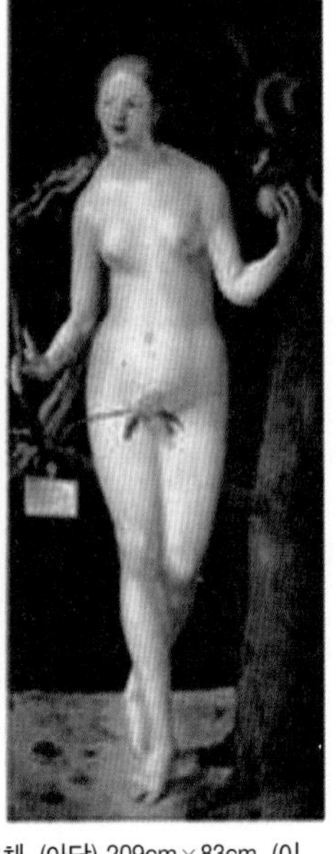

〈아담과 이브〉, 1507, 목판에 유채, (아담) 209cm×83cm, (이브) 209cm×81cm, 마드리드 프라도 미술관 소장

성자라는 평가를 받을 정도로 그가 가졌던 미술에 대한 열정과 업적은 지금까지도 인정받고 있다. 그가 르네상스 회화에 영향을 미쳤던 것은 기본적으로 이전의 신 중심사회였던 중세의 분위기에 맞서 인간의 존엄성과 정신을 회화에 담았기 때문이었다. 대표적인 작품 〈아담과 이브〉에서도 신의 금기를 깬 죄의식과 부끄러움을 가진 모습이 아니라 온화하고 평화로운 포즈와 얼굴을 하고 있는 것을 발견한다. 또한 아담과 이브의 모델을 인간으로 하여 9등신의 완벽한 고전적인 균형미를 추구하지 않고 인간과 닮아 친근하게 다가오도록 표현하였다. 이러한 표현은 이전의 신 중심사회에서 벗어나 근간을 인간에게 두는 르네상스적 사고라고 볼 수 있다.

이렇게 뒤러는 미술에 대한 열정을 시대의 흐름과 앞선 의식으로 표현했으며 더욱 발전하여 화가의 자의식을 확연히 드러내는 자화상을 그려 자신의 입지와 신념을 확고히 하였다.

〈모피코트를 입은 자화상〉에서 화가의 나르시시즘의 표현을 살펴볼 수 있다. 나르시시즘은 자신을 통해 타인을 이해하는 주관적 태도로 외부세계를 주관화하고 내재화시키면서 이상화된 자아를 탄생시킨다. 개개인의 활동영역이 폭넓어진 현대에 이르러서는 나르시시즘에 대한 관심이 넓어지고 있다. 자신의 색깔을 표현하고 의사표현에 있어서 자유로워진 현대에서는 자연스러운 화두지만, 중세를 지나 르네상스의 싹이 트는 시대에 나르시시즘의 화두는 당시의 시대 분위기상 놀라운 일이라 할 수 있다. 그만큼 뒤러의 자화상은 당시 미술계에서 많은 주목과 한편의 주목을 받기도 했다. 어떤 사상이나 미술흐름에서 아방가르드하다는 것은 세간의 주목을 받기도 하고 기존의 관념을 깨고 발전하여 나가는 촉매로써 작용하기 마련인 것이다.

〈모피 코트를 입은 자화상〉, 1500, 목판에 유채, 67cm×48cm, 뮌헨 알테 피나코텍 소장

〈모피코트를 입은 자화상〉을 살펴보면 뒤러는 그림에서 모피를 덧댄 갈색 코트를 입었고, 귀족을

짐작게 하는 잘 다듬어진 머리 모양과 수염을 하고 있다. 그는 당시 성공한 화가로 부유했고 모피는 그의 환경을 상징적으로 대변하고 있다. 또한 화면 정면에 얼굴을 배치하고 완벽하게 좌우 대칭하는 방식으로 이는 그리스도 초상화법을 사용하였다. 이러한 화법으로 뒤러는 무엇을 의도했던 것일까. 그리스도의 모습으로 표현한 데에는 여러 가지 설이 있다고 한다. 하나는 완벽한 균형과 조화의 이론에 의해서 구성된 초상화는 예술가의 천재적 창조력이 하나님으로부터 부여받은 것이라는 생각을 반영한 것이다. 다른 하나는 작가의 천재성을 자부하기보다는 종교적 신념의 하나라고 해석하는 것이다. 이는 뒤러가 신의 아들인 인간의 모습 또한 그리스도의 모습을 통해서 표현되는 것이라는 종교적 믿음이라는 것이다. 어찌되었든 후자의 견해 또한 신의 아들이라는 의식이라는 점에서 화가의 나르시시즘이 바탕이 되고 있음은 확실하다.

화가가 자신의 모습을 그리는 것이 금기시되다가 그 자의식이 싹트던 르네상스 시대에 대담하게 그리스도의 초상화법으로 자신을 표현한 뒤러의 태도는 이전에 볼 수 없었던 대담한 자기 어필이 아닐까. 이러한 그의 태도가 현대의 관점에서도 뒤처지지 않으리라 생각된다. 중요한 것은 뒤러의 자화상에서 볼 수 있는 자신만의 아우라를 몸소 그가 실천적으로 행했다는 데에 있다. 역사적으로 뒤러는 그림에 나타난 자신의 모습만큼이나 천재적인 재능을 가진 화가로써 인정받았다는 것이 지금까지 뒤러를 기억하는 이유일 것이다. 실제로 미술에 쏟았던 열정과 지식인으로써의 면모는 그의 자화상에 감동을 더한다.

우리는 과연 자신이 내세운 자존심이나 자신감만큼 노력하고 그에 걸맞은 성과를 내면서 살고 있는 것일까. 알브레히트 뒤러를 다시 짚어보며 그가 대담히 표현한 모습에 놀라지만, 사실 그가 이뤄놓은 의심할 수 없는 업적과 천재성에 다시 한번 놀란다. 현대의 유명한 문학 작가 알랭드 보통의 책 『불안』에서는 인간이 가지고 있는 자존심은 내세운 것과 이룬 것 사이의 비례 관계가 곧 자존심이라고 말하고 있다. 자신이 내세운 것만큼 이루지 못했을 때 오는 것이 불안감이며, 불안하지 않기 위해 두 가지 행위에 대한 균형을 맞춘다는 것이다. 뒤러의 자화상에서 겸허하게 보이는 화가 자신의 눈빛을 보라. 흔들림 없는 자신감에 차 있지만 자만심이 아닌, 신의 모습을 띄는 듯 하지만 지극히 인간적인 뒤러의 모습을 발견할 수 있을 것이다.

시대를 선도한 화가 뒤러. 그는 현대인보다 어쩌면 더 현대적이다. 그러기에 그의 자화상은 지금까지 보편성을 가지고 영향력을 끼치는 것이 아닐까.

그림을 둘러싼 생각의 변화

드가 | 발레 수업

그냥 봐서는 매우 아기자기하게 느껴지는 그림이다. 왼쪽부터 큼지막하게 눈에 들어오는 노랗고 파란 색색의 리본들, 앙증맞은 튀튀와 바싹 틀어 올린 머리칼이 사랑스럽기만 하다. 아늑하면서도 다소 소란스러운 발레 연습실의 일상을 느낄 수 있지만, 당시 사람들의 눈은 좀 달랐던 것 같다.

에드가 드가는 파리의 오페라 하우스를 찾아가 발레리나들을 주로 그렸다. 공연을 펼치는 광경보

드가, 〈발레 수업〉, 1874

드가, 〈무용 수업 동안에(카르디날 부인)〉, 1878

다는 휴식을 취하거나 연습하는 모습을 주로 화폭에 담았다. 이를 통해 드가가 보여주려고 한 것은 공연을 위해 철저히 준비된 모습이 아닌, 자연스러운 동작이었다. 이 그림은 사진처럼 발레 연습 시간에 볼 수 있는 어떤 한 순간을 잡아냈다. 하지만 이는 순간의 포착'처럼' 보이는 것일 뿐, 드가는 작업실에서 포즈를 취해주는 발레리나들을 수없이 드로잉하면서 여러 동작을 따로 따로 연구했다. 공간 구성은 방의 구석에 초점을 맞추어 배경 대부분을 화면에서 잘라내는 과감한 구도를 선보였다. 그리고 다른 인상주의 화가들과는 달리 실내에서 주로 그림을 그리면서 순간에 포착된 인물의 표정과 움직임, 분위기를 화폭에 담았다. 색채 사용은 일본 판화에서 부분적인 영향을 받은 것이며, 인물들을 동떨어진 위치에 놓거나 프레임 밖으로 자른 극적인 구성도 일본 판화에서 가져왔다. 사진에도 관심이 많았던 그는 사진술을 이용해 전통적인 구성을 뒤집기도 했다.

이 그림은 발레 수업보다 교사에게 더 비중을 두었다고 볼 수 있는데, 그림의 구도 자체가 교사를 중심으로 짜여있기 때문이다. 자세히 보면 그림을 구성하는 시선이 약간 위에서 아래로 내려가 있다는 사실을 알 수 있다. 구성의 소실점은 바닥에 있다. 지도 교사가 지팡이로 짚고 있는 곳 역시 바닥이다. 드가의 현실주의를 느낄 수 있다. 드가가 화려한 공연보다 무대 뒤에서 이뤄지는 이런 평범한 현장에 주목한 까닭이 바로 이것. 겉으로만 보면 다양한 동작들을 아무렇게나 그린 것처럼 보이지만 모든 동작이 치밀하게 배치되었다. 수업을 열심히 듣는 학생들은 몇 명에 지나지 않으며, 대부분은 팔짱을 끼고 잡담하거나 등을 긁는 등 한눈을 팔고 있다.

지팡이를 들고 있는 교사를 중심으로 발레리나들은 자기 차례를 기다리고 있다. 오른쪽 원경에 자리 잡은 이들은 발레리나의 어머니들이다. 우아해 보이는 겉모습과 달리 19세기 파리에서 발레리나는 소위 '스폰서'가 붙기도 하는 쇼걸이나 다름없었다. 부르주아들은 새로운 예술 장르에 관심을 돌리는 동시에 아름다운 발레리나와 연애를 일삼고, 그들의 스폰서가 되었다. 부모들은 부유한 이에게 자기 딸을 소개하거나, 아니면 그들의 유혹으로부터 딸을 보호하기 위해 수업에 들어왔다고 한다. 이런 현실은 장 베로의 〈오페라 무대 뒤〉나 드가의 〈무용 수업 동안에(카르디날 부인)〉 등에서 어렴풋이 나타나고 있다. 이런 취급을 받던 발레리나였기에 그들의 일거수일투족을 그려낸 드가 역시 비판받았다.

하지만 후대에 발레리나가 예술가로서 인정받게 되면서 드가의 발레 연작을 바라보는 시선도 많이 바뀌었다. 이제는 발레리나 그림을 집에 걸어두어도 뒤에서 안 좋은 소릴 들을 일은 없다. 오히려 그 아름다움으로 인해 각종 예술 작품의 소재가 되기까지 한다. 그림은 말이 없다. 단지 이를 둘러싼 생각만이 변할 뿐.

장 베로, 〈오페라 무대 뒤〉, 1889

발레리나의 비하인드 스토리 들춰보기

드가 | 출연 대기 중인 무용수들

남들 앞에 서게 될 때 가장 떨리는 순간은 언제일까? 막상 앞에서 뭔가를 발표하거나 노래를 부르고, 춤을 출 때는 '눈앞이 하얗다'는 말처럼 정작 아무 생각도 들지 않는다. 오히려 그 '직전', 앞으로 나서기 전 기다리는 순간이 가장 떨린다. 마음 졸이며 기다리는 그 시간을, 드가는 화려한 무대 뒤 무용수들에게서 포착해 냈다.

드가는 부유한 은행가 집안의 장남으로 파리 출

생이다. 처음에는 가업을 잇기 위해 법학을 배웠으나, 화가가 되기 위해 1855년 미술학교에 들어갔다. 그곳에서 앵그르의 제자 라모트에게 가르침을 받았고, 앵그르에게도 직접 지도받아 신고전주의의 영향을 받았다. 1856년에는 이탈리아를 여행하면서 르네상스 작품에 심취하였다. 이 무렵부터 거의 10년간은 오로지 역사화가로서 고전 연구에 힘을 기울였다. 그 후 자연주의 문학이나 마네의 작품에 이끌려, 근대생활을 대상으로 하는 작품을 제작했다. 1874년부터 1886년까지 인상파전에 7회 출품 · 협력하였으나 그 후로는 독자적인 길을 걸었다.

고전주의의 영향을 받은 날카로운 관찰을 통한 데생과 사물 형태의 윤곽을 명확히 그려내는 것, 강한 명암과 채도 대비가 그의 특징이다. 아버지의 죽음과 동생의 파산으로 유산의 대부분을 잃고 경제적으로 어려워지자 1870년대 후반부터 발레리나들을 그려 수입을 얻었다.

드가는 발레리노를 그린 적이 없다. 남녀가 함께하는 예술 장르가 아닌 여성 발레리나 그 자체에만 주로 관심을 가졌으며 발레 무대보다는 무대 뒤, 즉 리허설이나 공연 직후의 '인간적인' 모습을 더 자주 그렸다. 가장 유명한 발레리나 그림 중 하나인 〈스타〉가 이례적으로 공연의 절정을 묘사했다.

당시 파리 발레스쿨의 발레리나는 대부분 가난한 노동자 가정 출신의 10대 소녀들이었다. 한 발레리나가 무대 위에서 박수를 받으며 마음껏 발레 동작을 선보이기까지 얼마나 많은 이름 없는 소녀들이 연습실과 무대 뒤를 오갔을까? 드가의 〈발레 학교〉, 〈연습실의 세 무용수〉를 거쳐 〈출연 대기 중인 무용수들〉까지 본다면 나도 모르게 무대 뒤에서 자기 순서만을 기다리며 불안과 초조함, 들뜬 마음이 뒤섞인 소녀들의 표정에 자연스레 이입하게 된다.

그에게 '무희의 화가'라는 별명을 붙여준 발레리나 그림들은 드가의 작품들 중 그 가짓수가 제일 많다. 드가는 역사화에서 벗어나 파리의 근대적인 생활에서 주제를 찾게 되자 더욱 그 재능을 꽃피워 정확한 소묘 위에 화려한 색채로 근대적인 감각을 뽐냈다. 인물의 동작을 한 컷에 잡아내 순간적인 포즈를 새로운 각도에서 부분적으로 부각시키는 기법에 강했다.

그는 파스텔이나 판화에도 많은 수작을 남겼을 뿐 아니라, 만년에 시력이 극도로 떨어진 뒤에도 특유의 감각으로 조각에서도 더없는 걸작을 만들어냈다.

인물의 동작뿐만 아니라 그 순간의 감정까지도 그림에 담아내었던 드가. 우리는 드가의 작품을 보며 순간 속에 담긴 하나하나의 영원도 고스란히 느낄 수 있다. 무대 위에서 기다리는 그 순간만큼은 초조하지만 그때의 설렘은 영원히 남는 것처럼.

드가, 〈출연 대기 중인 무용수들〉, 1878~1880

드가, 〈연습실의 세 무용수〉, 1834

드가, 〈발레 학교〉, 1834

낭만적인, 너무도 낭만적인

들라크루아 | 민중을 이끄는 자유의 여신

국어사전에서 '낭만'을 찾아보면 '실현성이 적고 매우 정서적이며 이상적으로 사물을 파악하는 심리 상태. 또는 그런 심리 상태로 인한 감미로운 분위기'라고 나온다. 헛된 꿈만 꾼다는 인상이 강해 한때는 낭만이라는 단어의 말랑말랑한 느낌조차 괜히 싫어하곤 했었는데, 요즘은 하루하루가 메말라가고 각박하다는 생각이 들 때면 선명하게 떠오른다. '낭만'이.

들라크루아, 〈민중을 이끄는 자유의 여신〉, 1831

프랑스 낭만주의의 대가 들라크루아는 역사화에도 개인적, 문학적인 상상력이 빚어낸 환상을 묻혔다. 그는 당대의 프랑스 현실보다는 고대나 중세와 같은 과거, 신화와 문학과 같은 허구, 아프리카나 이슬람 사회와 같은 이국에 매혹되어 있었다. 이런 낭만주의적인 관심사를 효과적으로 표현하기 위해 바로크적인 구성, 거친 붓 자국, 강렬하게 병치된 색채 등의 기법을 도입했다. 인간의 내면세계를 감성과 개성, 상상력으로 승화시키고, 강렬한 색채와 명암의 대비를 이용하여 신고전주의 회화에 정면으로 도전한 화가였다. 회화 기법에 대담한 혁신을 가져온 인상파에 영향을 주었고, 현대 표현주의의 선구자로 평가되기도 한다.

당대 프랑스의 현실을 담은 역사화인 〈민중을 이끄는 자유의 여신〉의 부제는 '1830년 7월 28일'로, 왕정복고에 반대하여 봉기한 시민들이 3일간의 투쟁 끝에 결국 부르봉 왕가를 무너뜨리고 루이 필리프를 국왕으로 맞이한 '7월 혁명'을 주제로 했다. 그림에서 시민군을 이끄는 이는 상징적으로 표현된 자유의 여신이다. 사실과 비유의 혼합으로 이 작품은 7월 혁명이라는 역사적인 사건 기록에 그치는 것이 아니라 보편적인 자유, 추상적인 혁명의 이미지, 동시대의 소재를 이용한 서사시가 되었다.

그 이후에도 들라크루아는 여인을 비유적인 이미지로 형상화한 역사화를 그렸는데, 그리스 독립 전쟁을 주제로 한 〈미솔롱기의 폐허 위에 선 그리스〉는 아예 중심 사건마저 보이지 않는다. 무너진 돌더미 위의 여성은 그리스 자체를 나타낸다. 미솔롱기는 그리스 남부의 도시로 터키에 맞서 1년 정도 버티다 더 이상 저항이 불가능해지자 마지막 생존자들이 광산을 폭파시켜 자멸한 곳이다. 폐허 속에서 홀로 서 있는 여인은 비록 멸망했지만 끝까지 자존심을 지키고자 한 그리스인들의 고결한 정신을 상징하는 것만 같다.

또한, 현실과 먼 것일수록 매력을 느낀 낭만주의자들에게 동방의 이슬람 국가는 최고의 판타지를 실현할 수 있는 소재 중 하나였다. 이는 모로코를 여행한 후 동방의 환상에 빠져있던 들라크루아에게도 마찬가지였으며, 여성들만의 공간인 할렘을 자신만의 상상력으로 채워 그린 〈알제의 여인들〉은 그의 대표작이 되었다. 실내 장식도 화려하지만 그보다 더 화려한 건 주인공 여성들이다. 실제로는 육아와 가사를 담당하는 생활공간인 할렘이 그의 상상력을 통해 화려한 향락의 공간으로 재탄생한 것이다. 그야말로 낭만적인, 너무도 낭만적인 생각에 젖은 그림이다.

이런 그가 당대에는 역사화가로 이름을 날리고, 가장 사람들의 기억에 많이 남은 작품이 유일한 당시의 현실을 담은 그림이라는 게 아이러니하다. 사람들은 날것 그대로의 진실보다 감상이 가미된, 호소력 짙은 작품에 매료되기도 한다. 때로는 현실보다 낭만이 더욱 큰 울림을 준다.

들라크루아, 〈미솔롱기의 폐허 위에 선 그리스〉, 1826

들라크루아, 〈알제의 여인들〉, 1834

진짜 진짜 나쁜 여자

알렉상드르 카바넬 | 들릴라

피터 폴 루벤스, 〈Samson and Delilah〉, 1609-1610, Oil on wood, 185cm×205cm

세상에는 많은 이야기가 존재한다. 다양한 사람, 문명, 문화만큼 많은 이야기들은 사람들의 입, 그림, 춤과 노래로 전해져 오다가 문자 체계가 완성되면서 기록으로서 후세에게 전달된다. 15세기 독일의 구텐베르크는 활판 인쇄술로 근대 서구 문명에 큰 변혁을 가져다 주었다. 그 중 하나가 바로 성경의 대중화이다. 성경은 기독교의 경전으로 서양 예술에 큰 영향을 끼쳤다. 이 책의 신과 인간의 수많은 이야기는 예술가들에게 끊임없는 영감과 소재를 제공하였다. 물론 성경 속 여인들도 예외는 아니다.

구약 속 나쁜 여인의 대표로 꼽는 들릴라는 사랑을 무기로 이스라엘의 용사 삼손을 넘어지게 한 팜므 파탈이다. 이스라엘은 블레셋이라는 민족과 원수 관계에 있었다. 지리적으로는 이웃에 위치하고 있지만 당시 땅은 중요한 자산이었기에 전쟁이 끊이지 않았다. 그리고 블레셋은 내륙 쪽 이스라엘의 땅으로 확장을 시도하였다. 이러한 이유로 두 민족은 계속되는 갈등과 충돌을 겪어야 했다. 이스라엘의 대표 인물인 삼손은 블레셋에 매수된 여인 들릴라를 사랑하였다. 마치 로미오와 줄리엣처럼 원수지간의 사랑이었다. 그러나 삼손과 들릴라의 결말은 로미오와 줄리엣의 안타까운 사랑과는 거리가 멀다.

삼손은 신의 특별한 선물인 용맹과 힘으로 이스라엘을 지키는 괴력의 용사였다. 그의 힘은 가공할 만한 것이어서 사자를 염소 새끼 찢듯 하였고, 나귀 턱뼈만으로 천 명과 싸워 이겼다. 이러한 삼손은 블레셋 사람들에게 엄청난 위협이었고, 그가 존재하는 한 승산은 없었다. 그러나 이런 삼손에게도 약점이 있었으니, 머리카락과 여자였다.

머리카락을 자르지 않는 것은 삼손이 신에게 속한 용사라는 맹세였기에 이 맹세를 소중히 하지 않으면 그의 힘도 무용지물이었다. 즉, 머리카락을 지키는 행위로서 신에 대한 헌신과 괴력을 지킬 수 있었다. 그러므로 머리카락은 삼손의 생명이나 다름이 없었는데, 이보다 더 큰 약점은 들릴라의 사랑이었다. 자기 힘의 비밀인 머리카락을 원수의 여인에게 발설하였으니 스스로 목숨을 내 놓은 꼴이 되었다.

여자에게 약한 삼손도 삼손이지만, 들릴라의 지독함도 만만치 않다. 자신을 사랑하는 남자를 블레셋 사람들이 제안한 돈과 맞바꾸었다. 네 번이나 삼손의 힘의 비결을 캐묻고 끝내 자기 손으로 그를 적들의 손에 넘겨주었다. 비밀을 지키려 한 삼손에게 들릴라는 말한다. "나를 사랑한다고 하면서 세 번이나 거짓말을 하다뇨, 지금 장난하는 건가요?"

그녀의 괴롭힘과 사랑의 번뇌로 고민하던 삼손은 끝내 굴복하고 말았고, 그의 머리카락은 그녀의 품에서 잘려나가고 말았

스톰 마티아스, 〈Samson and Delilah〉, 1630, Oil on canvas/99cm × 125cm

다. 이 비극적인 순간은 거장 루벤스와 마티아스의 그림 속에서 생생하게 표현되어 있다.

루벤스의 그림에는 억센 근육질의 삼손이 금발의 들릴라의 무릎에 얼굴을 묻은 채 잠들어 있다. 그를 내려다 보는 풍만한 자태의 들릴라가 걸친 붉은 드레스는 사랑의 열정과 피의 파멸을 상징한다. 성경에는 나오지 않는 늙은 여인, 어둡고 사치스러운 배경이 사창가의 분위기를 연상케 한다. 이는 성적 매력으로 남자를 유혹한 들릴라의 팜프 파탈적 면모를 암시한다.

루벤스는 17세기 유럽에서 바로크 양식을 대표하는 화가이다. 바로크 양식은 가톨릭의 위상을 선전하기 위해 웅대한 규모와 극적인 감정, 화려한 장식을 특징으로 한다. 그는 고전 미술, 문학, 신화, 성경을 주제로 손에 잡힐 듯 생생하고 역동적인 이

미지를 만들었다. 그의 〈삼손과 들릴라〉는 사건의 비극성에 침잠해 있지 않고, 풍부하고 다양한 색채로 생기가 있다.

빛과 그림자의 대비를 이용해 사실적 묘사 기법을 추구한 카라바조 화풍의 거장 마티아스는 등장 인물들의 얼굴로 화면을 가득 채웠다. 촛불 하나로 불을 밝힌 어두운 가장자리 공간은 은밀하게 이루어지는 배신의 분위기를 더욱 고조시킨다. 노파의 손 동작과 사랑을 무기로 범죄를 저지르는 들릴라의 조심스러운 가위질은 아무 것도 모른채 잠든 삼손을 더욱 애처롭게 만든다. 아무리 아름다운 팜므 파탈이라고는 하나, 들릴라의 표정은 수치심은커녕 침착해 보이기까지 한다. 이러한 모습이 삼손에게 앞으로 닥칠 운명과 극명하게 대조되어, 그녀가 얼마나 잔인한지 보여주는 듯하다.

귀스타브 모로, 〈Samson and Delilah〉, 1882, Watercolor on paper

17세기의 두 거장이 요부 들릴라와 꾐에 빠진 삼손의 비극적 순간을 그렸다면, 19세기 화가 귀스타브 모로는 팜므 파탈 들릴라를 표현하는 데 초점을 두었다. 낭만주의를 바탕으로 신화적인 주제를 관능적이고 불길한 분위기로 재창조한 모로는 당시 세기말의 분위기 속에서 탄생한 팜므 파탈을 많이 그린 화가로도 유명하다.

그의 작품 속 들릴라는 화려한 장신구로 치장하고 세밀한 무늬로 짠 옷을 걸치고 있다. 이는 들릴라의 배신 자체보다 그림의 심미에 더 집중하게 한다. 잠들어 있는 삼손은 성경 속 묘사나 루벤스의 그림과는 달리, 여성의 몸과 큰 차이나지 않는 체구로 그려졌다. 이렇게 남녀의 몸을 거의 다름없이 그리는 것은 전통적 도덕과 관념을 거부한 태도였다. 말 그대로 무기력해 보이는 삼손을 점령하고 있는 들릴라의 시선은 오묘하면서도 대범하게 정면을 응시하고 있다. 그녀의 창백한 피부와 냉소적이고 신비로운 표정에서 모로 특유의 무기력의 아름다움(beauty of inertia)을 보인다.

초월적인 분위기의 모로의 그림과 다른 들릴라도 있다. 알렉상드르 카바넬의 그림에서는 삼손의 모습이 거의 화면 밖으로 밀려나 있다. 명실공히 들릴라가 이 그림의 주인공이다.

긴 머리로 자신의 존재감을 나타내는 삼손은 잠들었고, 머리에 장식을 쓰고 이목구비가 뚜렷한 들릴라는 자신의 옆으로 눈길을 돌리고 있다. 굳게 다문 입술과 곧은 콧대는 그녀가 미리 계획한 배반의 의지를 보여주는 듯 하다. 그러나 어딘가 불안해 보이는 그녀의 시선과 눈 주위의 그림자는 한편으로 갈등하는 인간적인 모습을 보이고 있다. 살며시 들린 들릴라의 손은 누군가를 부르려는 것인지, 가위를 집으려는 것인지, 아니면 번뇌하는 이의 손짓인지 모르겠다. 아마 이 모든게 포함되지 않을까.

들릴라는 끝내 자신을 사랑한 대가로 머리카락이 잘리고 눈이 뽑힌 삼손에게 일말의 가책을 느꼈을까. 이 일이 있고 난 뒤의 들릴라는 어떻게 되었는지 궁금해 할 수 있지만, 성경은 들릴라의 이야기가 아니라 삼손의 승리로 사건의 단락을 맺는다. 그녀가 벌을 받았는지, 사랑하는 남자를 판 돈으로 평생 별 탈 없이 살았는지, 아니면 또 다른 남자를 유혹하며 살았는지 알 수 없다. 여자 유다로 비교되는 들릴라를 다시 언급하는 것은 일말의 가치조차 없다는 뜻이다.

비록 짧은 내용으로 등장한 들릴라였지만, 그녀는 예술가들의 상상력을 자극하였고, 그림과 영화 속 팜므 파탈로 영원히 자리 잡았다. 오늘날 애욕과 돈을 따라 간 요부의 상징이 된 들릴라는, 우리에게 양심과 도덕을 교훈하는 동시에 여자의 마성적 힘이 얼마나 강한지를 보여준다. "돈 앞에 장사 없다"가 아니라 "여자 앞에 장사 없다"가 들릴라의 계보를 잇는 팜므 파탈의 모토이지 않을까 싶다.

알렉상드르 카바넬, 〈Samson and Delilah〉, 1878, Oil on canvas/64.8cm × 92.7cm

대가의 숨겨진 뮤즈

라파엘로 | 라 포르나리나

‘제빵사의 딸’이라는 제목의 초상화를 상상해 보자. 그림 속 여인은 어떤 모습일까? 갓 부풀어오른 빵처럼 푸근하고 풍만한 여인을 떠올릴 것이다.

그리고 라파엘로의 가장 아름다운 성모화로 꼽히는 〈세졸라의 성모: 마리아와 아기 그리스도와 세례 요한〉(의자의 성모)를 보자. 표정을 바라보고 있노라면 마음 속에 있던 고민까지 스르르 녹아 버리는 듯한 기분이 드는, 아름답고 따사로운 그림이다. 이 성모화의 모델은 그가 죽기까지 12년간 사랑

라파엘로, 〈세졸라의 성모: 마리아와 아기 그리스도와 세례 요한〉(의자의 성모), 1514

했던 여인을 모델로 한다.

그 여인의 이름은 마르게리타 루티. 그녀의 초상화를 일컫는 '라 포르나리나'라는 말은 '제빵사의 딸'을 뜻한다. 대가의 뮤즈답게, 평범한 신분에도 초상화 속 그녀에게는 고귀한 아우라가 풍긴다.

라파엘로, 〈라 포르나리나〉, 1518~1519

〈라 포르나리나〉는 전형적인 '정숙한 비너스'의 자세를 취한다. 이와 더불어 시선을 살짝 왼쪽으로 돌려 관람자의 시선을 피하면서 스스로 정숙한 여인임을 강조하려는 듯 보이지만, 동시에 관능미를 내보인다. 그녀의 오른손으로 왼쪽 가슴을 가리려는 듯한 몸짓 덕에 봉긋한 양쪽 가슴이 더 도드라져 보인다. 한편, 라파엘로는 다양한 천의 질감을 매우 사실적으로 묘사했다. 그림 속 여인이 머리에 쓰고 있는 이국적인 터번은 마치 손으로 만져질 듯하며, 그녀의 배를 덮고 있는 의상 역시 육감적인 여체를 투명하게 비춘다.

사실 이 초상화가 지금의 제목으로 불리기 시작한 것은 18세기 중반 이후이기 때문에, 라파엘로가 마르게리타를 그린 것인지는 확실하지 않다. 다만 그가 여인의 왼팔에 둘러진 밴드에 '우르비노의 라파엘로(RAPHAEL URBINAS)'라는 서명을 남기고 있다거나, 왼손 약지에 끼워진 반지, 비너스를 상징하는 은매화나무와 세속적인 사랑을 의미하는 모과나무처럼 그림 곳곳에 배치한 의미심장한 세부 요소들을 통해 작품의 모델이 화가와 사랑하는 사이였음을 짐작할 수 있을 뿐이다. 그리고 비슷한 시기에 라파엘로가 그린 초상화나 종교화 속 여성들과도 매우 닮아 있어, 둘이 매우 가까운 연인이었음은 부정할 수 없을 것 같다.

라파엘로를 매우 존경했던 신고전주의 화가 앵그르는 〈라파엘로와 라 포르나리나〉라는 작품을 1814년에 남기기도 했다. 앵그르의 그림 속 라파엘로는 작업실에서 〈라 포르나리나〉를 그리던 도중 자신의 모델이자 연인인 그녀를 끌어안고 있다.

라파엘로가 서른일곱에 요절하기까지 로마에서 12년 동안 둘은 계속 사랑을 나눠 왔으나, 끝내 결혼하지 못한 것에는 교황의 총애를 받아 추기경 후보로까지 거론된 라파엘로와 평범한 제빵사의 딸인 그녀의 신분 차이, 그리고 결혼을 구속이라 생각했던 라파엘로의 예술가적 기질이 크게 작용했다고 한다. 신분 차이 때문에 정부 취급을 받으며 라파엘로의 생애 내내 가려져 있던 그녀지만, 라파엘로가 그토록 오랫동안 사랑한 유일무이한 연인으로서 그녀는 대가의 작품들 속에 살아 숨 쉬고 있다.

앵그르, 〈라파엘로와 라 포르나리나〉, 1814

사람이 예술이다

레오나르도 다빈치 | 모나리자

레오나르도 다빈치, 〈모나리자〉

보기만 해도 기분이 좋아지는 사람이 있다. 저 멀리 그 사람의 형체만 보여도 가슴이 뛰고 절로 미소가 떠오르는 사람이 있다. 그 사람은 오랜만에 만나는 벗일 수도 있고, 매일 만나는 애인일 수도 있고, 처음 마주치는 누군가일 수도 있다. 자연스럽게 풍겨 나오는 좋은 기운은 사람을 잡아당긴다.

르네상스 시대를 대표하는 작품, 〈모나리자〉 속 모델은 미묘한 미소로 많은 사람을 끌어당긴다. 엷은 미소를 입가에 머금고 그윽하게 나를 바라보는 여인. 분명 처음 보는 얼굴인데 그녀를 보면 경계심이 풀어지고 마음이 편안해진다.

지난 2010년 5월, 강의와 큐레이터를 병행하며 바쁘게 지내던 시절, 지인들과 훌쩍 파리로 떠난 적이 있다. 루브르 박물관에서 만난 〈모나리자〉는 여유 있는 미소를 보이며 방문객을 반겼다. 워낙 유명한 작품이라 그랬겠지만 나는 한 번도 만난 적 없던 그림 속 여인을 어디선가 만난 것 같은 기시감에 빠졌다. 그런 기시감은 동행했던 지인들도 마찬가지였다. 우리는 한동안 〈모나리자〉 앞에서 할 말을 잃고 서로의 마음속에서 다른 방식으로 모나리자와 밀회했다.

실물로 본 〈모나리자〉의 크기는 생각보다 작았다. 액자에 방탄유리가 끼워져 있고, 일정한 거리에 바리케이드가 쳐 있어 가까이서 그림을 감상할 수는 없었다. 천문학적인 몸값을 자랑하는 이 명작을 1911년에 도난당했던 프랑스인들의 놀란 가슴을 달래려는 목적이었겠지만 먼 길을 달려온 이방인들에겐 낯설고 안타까운 풍경이었다.

박물관의 한 벽면에 〈모나리자〉 단 한 작품만 걸려있는 데도 모나리자의 기운은 큰 벽면을 가득 채우고 있었다. 지구 저 편에서 건너온 낯선 방문객의 마음을 안다는 듯, 〈모나리자〉는 일행이 자리를 뜰 때까지 편안한 미소로 일관했다.

르네상스 시대를 대표하는 3대 거장 중 한 사람으로 꼽히는 레오나르도 다빈치의 대표작 〈모나리자〉는 오늘날 가장 유명한 작품으로 알려져 있다. 모나리자의 '모나'는 이탈리아어로 유부녀에 대한 경칭이다. '리자'는 피렌체의 부유한 상인 조콘다의 부인 이름으로 알려져 있다. 〈모나리자〉는 리자 부인이 24~27세 때의 초상이며 다빈치가 그린 작품이라는 정리가 가장 보편적인 설명이다.

그러나 〈모나리자〉를 리자 부인의 초상이라고 정리하기에는 의아한 점이 너무나 많다. 중세시대는 왕과 귀족의 초상 그리고 종교적 그림 외의 평민을 모델로 그림을 그린다는 것은 상상조차 할 수 없는 일이었다. 이런 시기에 레오나르도 다빈치가 평범한 상인의 부인을 모델로 세워 그림을 그렸다는 점에서 의문은 시작된다. 그래서 이 작품을 두고 르네상스의 전환점으로 해석하기도 한다. 신의 시대에서 비로소 사람의 시대로 변환되는 르네상스의 출발을 알리는 붓질. 그래야만 평민을 그린 거의 최초의 작품, 〈모나리자〉에 붙은 의문부호를 해석할 수 있기 때문이다.

하지만 아직 미심쩍은 부분은 많다. 평범한 상인의 부인을 그리기 위해 레오나르도 다빈치가 쏟은 노력이 심상치 않다. 레오나르도 다빈치는 모델인 리자를 꼼꼼히 살피고 관찰하여 그 모습을 세밀하게 화폭에 담고자 했다. 그가 리자에게서 얻고자 한 것은 단순한 외형이 아니라 그녀의 내면에서 피어오르는 감정이었다. 레오나르도는 이 작품을 그리기 위하여 악사와 광대를 불러 부인을 항상 즐겁게 하기 위해 노력했다. 부인이 즐거워하는 사이, 부인도 모르게 떠오르는 정숙한 미소, 편안한 몸짓을 묘사하고자 했다. 어쩌면 그는 리자 부인을 진정으로 행복하게 해 주고 싶었는지도 모르겠다.

그렇다면 또 한 가지 의문이 생긴다. 왜, 리자 부인인가? 전기 작가 바사리는 이 그림은 완성되기까지 4년이 걸렸는데 여전히 미완성인 채 남아 있다고 말한다. 4년이나 그림을 그리고도 완성하지 못했던 다빈치는 리자 부인이 가진 오묘하고 신비한 감정을 더 세밀하게 그려내고 싶었는지도 모른다. 그러니까 대체 왜? 이 부분에서 후대는 많은 염문설을 쏟아낸다.

〈모나리자〉에 호기심 많은 수사대는 위치 추적까지 감행해 리자 부인의 집안과 레오나르도 다빈치의 집이 가까이 있었다는 사실을 밝혀냈다. 어쩌면 레오나르도 다빈치는 같은 고향에 살던 리자 부인을 오랫동안 짝사랑한 것이 아닐까하는 추측과 함께 〈모나리자〉가 그려질 당시 리자 부인이 임신 중이었을 거라는 사실까지 찾아낸다. 임신에 대한 단서는 리자 부인의 옷에 있다. 그림 속 리자 부인이 입고 있는 옷의 문양이 임신한 여자가 입던 특수한 레이스 문양이라는 사실을 발견했던 것이다.

하지만 많은 추측 가운데 무엇 하나 확실히 밝혀진 것은 없다. 다만, 우리는 이 매혹적인 그림을 통해 레오나르도가 리자 부인의 깊숙한 내면, 그리고 리자 부인의 다정한 미소, 리자 부인의 내면을 넘어 인간의 공통적인 본질을 끄집어냈다는 데 동의할 뿐이다. 리자 부인의 초상을 보는 순간, 우리가 자비로운 어머니를 만난 듯한 느낌을 갖는 것은 레오나르도가 인간 본질을 표현하는데 성공했기 때문일 것이다.

〈모나리자〉를 따라다니는 또 다른 의문은 눈썹에서 시작한다. 〈모나리자〉 속 리자 부인은 눈썹이 없다. 이번에도 수사대의 촉이 발동한다. 이마가 넓어야 미인으로 여겨지던 당시 여성들은 이마가 넓게 보이도록 일부러 눈썹을 뽑아버렸을 것이라는 추측과 그림을 그릴 당시 레오나르도가 〈모나리자〉의 눈썹까지 모두 완성했었지만 후대의 복원 과정에서 지워졌다는 추측까지 여러 가지 상상이 이어진다.

여기에 과학적 수사까지 동원된다. 2009년 프랑스 미술전문가가 240메가픽셀의 특수카메라를 이용하여 〈모나리자〉를 분석한 결과 이 그림은 3차원으로 표현하기 위하여 유약으로 여러 겹 특수처리했고 가장 바깥에 그려졌던 눈썹이 수백 년의 세월이 흐르는 동안 화학반응을 일으켜 사라지거나 떨어져 나간 것이라는 추측까지 더해졌다. 이러한 많은 추측에도 그림 속 리자 부인의 눈썹 자리엔 답 대신 아직 소문만 무성하게 자라고 있다.

〈모나리자〉를 둘러싼 많은 수수께끼 가운데 가장 기묘한 수수께끼는 리자 부인이 여자가 아니라는 가설이다. 리자 부인은 날씬하고 가냘픈 당시의 미인상과는 거리가 멀다. 어깨도 넓고 손도 크다. 그래서 사람들은 또 다른 추측을 하기 시작했다. 어쩌면 리자 부인은 남자일지도 모른다는 추측. 생각이 거기까지 이르자 꼬리를 물고 새로운 의견이 쏟아졌다. 그 중 가장 놀라운 추측은 〈모나리자〉는 여성이 아닌 레오나르도 자신의 자화상일 거라는 의견이다. 실제로 릴리언 슈바르츠는 컴퓨터로 〈모나리자〉와 레오나르도 다빈치의 초상화를 조합해보니 〈모나리자〉의 얼굴과 다빈치의 얼굴 사이에 대칭구조를 밝혀내기도 해 이 가설에 힘을 실었다.

비록 숨겨진 비밀을 풀지 못하더라도 진정한 작품은 가만히 응시하는 것만으로 가슴이 설레고 두근댄다. 그것은 말로 설명할 수 없는 작품의 기운으로 특히 〈모나리자〉의 온화하고 신비로운 미소를 가진 리자 부인은 세계를 설레게 하는 가장 매력적인 애인일 것이다.

마흔 이후에는 자신의 얼굴에 책임져야 한다는 말이 있다. 나는 이 말을 마음에 새기며 어린 시절부터 얼굴 모양에 책임지기 위해 노력했다. 마흔 이후에는 그 사람이 살아온 흔적이 얼굴에 남고, 그 표정과 모양을 자신이 책임져야 한다니 인간 자체가 하나의 예술 작품이 아니고 무엇이겠는가. 한 번씩 무릎을 꿇게 하는 시련이 몰려와도 자신을 단단히 잡을 수 있다면 〈모나리자〉와 같이 내면의 품격을 지킬 수 있을 것이다. 개개인의 얼굴에 드러나는 그 사람의 삶, 사람이 바로 예술이다.

성경이 기억하는 가장 슬픈 밥상

레오나르도 다빈치 | 최후의 만찬

레오나르도 다빈치, 〈최후의 만찬〉

밥에는 온기가 있다. 따뜻한 밥을 나누면 사람 사이에 정이 생기고 마음이 열린다. 먹는다는 것은 생존을 위해 가장 필요한 욕구지만 그것을 떠나 마음을 나누는 가장 원초적인 행위기도 하다. 언제나 큰일은 밥을 동반한다. 결혼식, 장례식, 돌, 상견례 등 크고 작은 일에서 함께 밥을 먹으며 축하와 위로를 전한다. 예부터 우리 조상들은 집안의 대소사가 생기면 곳간을 열어 음식을 이웃들과 나누며 기쁨과 슬픔을 나누지 않았던가.

그뿐만 아니라 마지막을 정리하는 것도 밥의 역할이다. 입대 전 밥 한 끼, 이별을 앞둔 연인의 밥 한 끼, 졸업식날 밥 한 끼, 먼 곳으로 떠나기 전, 밥 한 끼. 사람과 헤어질 때 우리는 마지막으로 밥을 먹는다. 밥 한 끼에 불과하지만 그 밥상에 담긴 의미는 크고 무겁기도 하다.

레오나르도 다빈치의 〈최후의 만찬〉은 성경이 기억하는 가장 슬픈 밥상이다. 예수가 십자가에 못 박히기 전날 밤 예수는 열두 제자와 밥 한 끼 먹길 원한다. 죽음을 예감한 예수는 제자들에게 만찬을 준비하라 이르고 제자들의 발을 손수 닦아주면서 경건하게 마지막 밥 한 끼를 함께했다.

"때가 이르매 예수께서 사도들과 함께 앉으사 이르시되 내가 고난 받기 전에 너희와 함께 이 유월절 먹기를 원하고 원하였노라(누가복음 22장 16절)"는 기록이 있다. 예수는 왜 이토록 제자들과 마지막으로 '밥 한 끼' 하기를 원하고 원했던 것일까.

이 자리에서 예수는 제자들에게 떡과 포도주를 나누어 준 뒤 자신의 살과 피라 말하고 이 떡과 포도주를 먹어야만 생명을 얻을 수 있다고 말한다(요한복음6장 53절). 부모와 자식을 이어주는 증표는 살과 피이기에 그 살과 피를 나눌 수 있는 밥 한 끼를 예수는 그토록 원했던 것이다. 인류를 구원하고자 했던 예수의 입장에서는 이 밥 한 끼가 얼마나 중요했을까. 마지막 밥 한 끼가 결국 제자들에게 생명을 주는 의식이었기에 더욱 소중했으리라.

우연의 일치인 듯 레오나르도 다빈치의 〈최후의 만찬〉은 밀라노 산타마리아 델레그라치에 수도원 식당 벽면에 그려졌다. 예수의 최후의 식사가 수도승들이 매일 밥을 먹는 수도원의 식당에 위치한 것은 재미있는 일이다.

레오나르도 다빈치가 그림을 그리던 당시 전통적인 벽화는 화벽이 완전히 마르기 전에 그 위에 덧칠하며 급하게 완성하는 것이 유행이었다. 그러나 다빈치는 〈최후의 만찬〉을 색칠한 벽이 다 마를 때까지 기다렸다가 덧칠하는 방식으로 그려 그만큼 시간이 오래 걸렸다. 오랫동안 그림을 바라보고 물감이 마르길 기다렸다가 다시 그리는 동안 다빈치는 예수와 열두 제자의 습성 하나하나 파악하며 상상했을 것이다.

이 그림의 또 다른 특징은 템페라 기법(달걀 노른자와 물감을 섞어서 그리기도 한다)이다. 노른자가 섞인 벽화는 빨리 훼손되었고 여러 번 복원작업이 진행되었다. 〈최후의 만찬〉을 훼손시킨 또 하나의 원인은 습기로 꼽힌다. 1796년 나폴레옹 군대들이 이탈리아를 점령했을 때 벽화가 있는 수도원을 마구간으로 사용하기도 했는데 습기가 많아 썩기 시작한 벽을 보수작업하면서 원작을 많이 손상시켰다.

훼손을 넘어 〈최후의 만찬〉은 폭격을 맞으며 그 시련의 정점을 찍는다. 예수의 마지막 모습을 벽화 속에 남겨두려는 시도 또한 예수의 일생처럼 쉽지만은 않았던 모양이다. 1943년 2차 세계대전 당시 공중 폭격으로 식당 자체가 무너져 내리기도 했는데 한 수도장이 벽화 위에 천을 걸쳐 치명적인 훼손을 막기도 했다.

탈도 많고 사연 많은 〈최후의 만찬〉은 1977년 이후부터 보수작업과 청소작업을 단행하여 깨끗하게 복원됐다. 그러나 레오나르도 다빈치가 구현했던 색채와 본질은 복원시키지 못했다는 아쉬움의 목소리도 크다.

그럼에도 우리 곁에 무사히 남아준 〈최후의 만찬〉은 그 명성에 맞게 기품을 유지하고 있다. 그림을 자세히 살펴보면 제자들의 표정과 모습이 제각각 다르다. 그림 속 주인공들은 한 자리에 있었지만 신경이 제각각 다른 곳에 있다.

이는 인상학을 연구했던 레오나르도 다빈치의 밝은 관찰력으로 해석할 수도 있다. 표정과 행동으로 인물의 성격을 파악하는 인상학, 레오나르도 다빈치는 사람의 성격과 나이에 따라 서로 다른 표정과 행동을 그리기 위해 인물들을 디테일하게 묘사했다. 하나의 사건을 대하는 사람들의 다른 군상, 한 자리에 있어도 인간은 각기 다른 모습을 나타낸다는 것을 그는 이해하고 있었다.

때문에 〈최후의 만찬〉 그림 속 인물은 각자의 주제를 가지고 있다. 레오나르도 다빈치는 베드로, 유다, 예수 등 그림 속에 등장하는 한 인물마다 각기 다른 이야기를 가지고 그림을 그려 나갔다. 세밀한 부분까지 그려내기 위해 그가 얼마나 많이 고뇌했는지 그림 속에 여실히 드러난다.

그림 실력과 디테일한 묘사만으로 레오나르도 다빈치가 훌륭한 화가로 존경받고 있는 것은 아니다. 그가 지금까지 기억되는 이유는 그가 가지고 있던 다양한 재능 때문이다. 건축, 천문학 등 모든 학문에 조예가 깊었던 그는 자신의 그림에 기술을 추가하고 있어 그의 그림은 다른 그림에서 볼 수 없는 구도와 상상력이 묻어난다.

그만의 독특한 구성은 후대에도 미스터리로 남아있다. 〈최후의 만찬〉은 식당의 건물 구조를 고려해 그린 것이기 때문에 레오나르도 다빈치가 이 작품을 만들 때 바닥에서 4미터 높이에서 스케치를 했는데 그가 작업한 높이인 4미터에서 최후의 만찬을 바라보면 그림의 중심에 있는 예수의 머리 부분으로 원근선이 모아지고 있다는 점이다.

그리고 그보다 훨씬 낮은 위치에 앉아있는 사람들도 실제 공간과 그림 속의 공간이 계속 이어지고 있다. 이는 레오나르도 다빈치가 그림의 정면을 마치 사람들이 무대를 보는 것처럼 구성했기 때문이다. 또한 그림을 경사지게 그려 식탁의 뒷면을 볼 수 있도록 했으며 원근선을 조정해 깊이감을 강조했다. 또한 수도원의 식당 왼쪽에 있는 실제 창문에서 빛이 비추는 것처럼 처리해 그림을 더욱 실감나게 표현했다는 점도 주목할 만하다. 이는 그림을 단순히 그림에 그치는 것이 아니라 현실과 이어지는 또 하나의 세계라 인식했던 레오나르도 다빈치의 세계관을 잘 드러내 주는 대목이다.

예술은 또 하나의 밥이다. 내면을 살찌우는 보이지 않는 밥. 요즘은 뉴스를 봐도, 신문을 펼쳐도 자본주의에 물든 세상이 참, 시끄럽다. 남들에게 보이는 것만 화려하게 꾸미려는 허영심과 스스로 만족할 수 없는 사회적 구조로 인해 사람들은 혼동의 시간을 살고 있다. 어쩌면 우리의 사회는 예술적 빈혈에 시달리고 있는 건 아닌지 우려된다.

이럴 때 예술은 밥이 된다. 내 마음속에 부족한 영양분과 생각을 보충해주는 밥. 작은 말 한 마디에도 쉽게 흔들리는 요즘, 나를 꽉 잡아 줄 마음의 좌표, 예술이 있다면 삶이 조금은 더 부드러워질 것이다.

그러니 오늘, 잊었던 나의 감성을 따뜻한 밥상으로 초대해 보자. 오염된 '내'가 아닌 진정한 나 자신을 초대해 밥 한 끼 나눠보자. 진정 내가 원하는 것이 무엇인지 잃어버렸던 나의 감성이 대답해 줄 것이다.

작품의 가치는 사람들의 '뒷이야기'에 달려있다?

레오나르도 다빈치 | 모나리자

레오나르도 다빈치, 〈모나리자〉

흔히 사람들은 다이아몬드를 '보석의 여왕'이라고 한다. 다이아몬드는 왜 그 많은 보석 중에 제일이라고 평가되는 것일까. 그것은 다이아몬드 자체의 가치도 있겠지만 아름다움을 발산할 수 있도록 정성들여 다각도로 세공하는 것, 다이아몬드 원석 자체가 희귀한 것, 사람들 사이에서 시간이 지나면서 가치 있다고 여겨지는 것 등일 것이다.

세기의 명화 〈모나리자〉도 다이아몬드처럼 그

림 자체의 가치도 있지만 어쩌면 우여곡절 속에 탄생한 하나의 역사물이지 않을까.

1911년 8월 21일, 〈모나리자〉가 도난당하는 대형사고가 터진다. 당시 루브르의 보안상태는 최악이었고 〈모나리자〉가 사라진 지 24시간이 지난 22일까지 아무도 눈치채지 못해 그 충격은 더 컸다. 뒤늦게 사실을 알게 된 박물관측은 당장 폐관을 하고 경찰이 와서 직원들을 조사하지만 결국 범인도 〈모나리자〉도 찾지 못한다. 심지어 〈모나리자〉가 들어있던 액자에서 지문을 발견했음에도 불구하고 말이다.

2년 여 동안 이어진 수사과정에서 몇 가지 흥미로운 사실들이 있었는데 그 중 하나는 의심스러운 용의자로 떠오른 사람이 다름 아닌 천재적인 화가 피카소였다는 것이다. 그의 절친이었던 아폴리네르에 의해 법정에 서게 된 피카소는 친구를 전혀 모르는 사람이라고 잡아뗌으로써 상황을 모면하려고 했고 실제로 그들의 혐의는 루브르에서 도난당한 조각상과 관련된 것이었기 때문에 〈모나리자〉 도난사건과는 관계없음이 밝혀졌다.

〈모나리자〉를 훔쳐간 사람은 2년 만에 모습을 드러냈는데 바로 루브르 박물관에서 일하던 이탈리아 사람 페루자였다. 그는 끝까지 이탈리아의 그림이 프랑스 박물관에 있는 것을 참을 수 없었다는 발언을 고수하며 애국적인 영웅으로 여겨지길 바랐고 어느 정도 그게 효과를 발휘해서 이탈리아에서는 실제로도 영웅대접을 받았다. 그리고 프랑스로 돌려주기 전, 이탈리아에서 순회전시회가 열렸는데 많은 국민들은 〈모나리자〉를 프랑스에 돌려주는 것을 못마땅하게 여겼다고 한다.(〈모나리자〉는 다빈치가 세상을 떠났을 때부터 프랑스 왕실의 소유가 되었다고 한다.)

페루자가 끝내 배후를 밝히지 않아서 결국 단독범행으로 종결되고 말았는데 한참 시간이 흐른 후, 한 신문 기사가 눈길을 끈다. 그것은 데커라는 기자가 쓴 기사로 자신이 한 술집에서 발피에르노라는 후작을 만난 적이 있는데 그가 자신의 무용담을 털어놓더라는 것이다.

페루자에게 〈모나리자〉를 훔치게 하기 전 후작의 친구 쇼드롱이 〈모나리자〉의 위작을 6개 만들어낸다. 그리고 당시 미술수집에 열을 올린 미국 갑부들에게 접근해서 〈모나리자〉를 구입하도록 설득한다. 미국 갑부들은 〈모나리자〉 구입액을 지불하고 그림이 도착하기를 기다리는 도중 〈모나리자〉의 도난 사실을 접함으로써 자신들이 진품을 갖고 있다는 착각을 하게 만든다.

이것이 그들의 계획이었고 그것은 멋지게(?) 성공을 거둔다. 하지만 페루자가 〈모나리자〉를 가지고 도망을 치고, 그것을 팔

아서 한몫 챙길 생각을 하는 통에 페루자는 형을 살게 된다. 후작은 루브르에 다시 돌려줄 생각이었다고 한다.

더 재밌는 것은 페루자가 그림을 팔려고 접촉한 인물이 J.P. 모건, 앤드루 카네기, 록펠러 등 저명인사들이었다는 사실이고, 이 중 모건은 자신에겐 〈모나리자〉를 구입하겠냐는 제의가 온 적이 없었다고까지 말했다고 한다.

1911년 〈모나리자〉 도난 사건을 다룬 책 『사라진 미소』(R. A. 스코티 저)를 보면 모나리자에 관한 여러 가지 사실과 허구로 재미난 이야기를 이끌어간다. 데커의 기사가 사실인지 아닌지는 확인할 수 없지만 작가는 거짓말로 보고 있다. 결국 〈모나리자〉는 제자리로 돌아왔고, 도쿄와 모스크바에서의 전시를 마지막으로 해외전시 금지법이 제정되어 다시는 밖으로 나오지 못하게 되었다.

위의 내용을 긴박한 상황과 함께 이야기를 전개해가면서 〈모나리자〉에 관심을 갖고 있는, 또는 예술, 미술, 그림에 관심을 갖는 사람이라면, 한번쯤은 읽어 보아야 할 것 같으며, 실제로 재미난 구성진 이야기가 전개된다. 참, 이렇듯 〈모나리자〉는 여러 가지로 수수께끼가 많은 그림이다. 일단 모델부터가 누구인지에 대해서 의견이 많고 심지어 다빈치 자신이라는 말까지 있다. 도난 사건 역시 페루자라는 사람의 단독범행으로 보기에는 무리가 있고 그의 말대로 애국심으로 저지른 짓이라고 보기도 어렵다. 한편에서는 정치적인 문제가 얽혀있는 사건이라고도 한다.

모든 가치는 사람들에게 달려있기도 하다. 아무리 가치있는 작품과 선행이 행해져도 사람들의 입에 오르내리지 않는다면 평가 절하되며 금방 기억에서 사라지기 마련이기에, 많은 사람들은 그 가치를 잊지 않기 위해 매년 행사를 하기도 하고 단체와 모임을 통해 그 가치를 재확인하는 작업을 참 많이도 한다. 〈모나리자〉는 그 가치에 맞는 대접을 받았음에도 여러 끊이지 않은 사건들과, 최고의 화가라고 하는 피카소까지 사건에 더해져 그 가치는 알 수 없게 되었다. 이로써 어떤 것들의 가치란, 사건과 사고를 겪는 것과 비례하는 것 같다.

이렇듯 〈모나리자〉라는 작품은 다빈치의 작가적 소명과 능력, 그의 정신적 가치를 뛰어넘어 역사적 인물들과 사건이 가세되어 다이아몬드와 같은 작품으로 자리매김되었다고 해도 과언이 아닐 것이다. 이는 많은 사람들에게 '작품의 가치란 무엇인가?' 라는 생각을 한번 더 생각해 보게 한다.

아버지와 아들

렘브란트 반 레인 | 다윗왕과 압살롬의 화해

'용서'와 '화해'. 말하긴 쉽지만 막상 실천하기는 어려운 것들 중 하나다.

우리는 살면서 많은 사람들과 인연을 맺고, 헤어지길 반복한다. 서로 말하는 중에 오해가 생긴다거나, 가치관의 이유 등으로 또 수많은 다툼을 겪기도 한다. 먼저 '화해'를 구하는 것도, 그를 '용서'하는 것도 쉽지는 않지만, 쉽지 않기에 더욱 아름다운 과정이다.

렘브란트, 〈다윗 왕과 압살롬의 화해〉, 1642

렘브란트의 〈다윗왕과 압살롬의 화해〉는 성서 속 용서와 화해 이야기를 배경으로 한다. 예루살렘 왕 다윗의 첫째 아들인 암논은 이복동생인 다말에게 반해 상사병에 걸렸고, 결국 꾀를 부려 다말을 강제로 범했다. 결혼으로 책임졌어야 하지만 자기 욕망을 채운 암논은 다말을 내쫓았다. 이 사실을 안 다말의 친오빠 압살롬은 복수할 기회를 노리다 암논을 살해했다. 이로써 그는 누이의 원한을 풀었을 뿐 아니라 차기 왕권의 가장 강력한 경쟁자를 제거한 셈이었다. 이 소식을 들은 다윗은 크게 노했다. 암논은 그가 특별히 사랑하던 맏아들이었기 때문에 더욱 그를 생각하며 통곡했다. 그래서 압살롬은 왕궁을 떠나 외가에서 피난 생활을 했다. 하지만 예루살렘에 돌아온 후에도 2년 동안이나 아버지를 볼 수 없었다. 신하 요압을 재촉해서 그의 중재로 다윗과 압살롬은 만났고, 다윗은 압살롬에게 키스를 하는 것으로 화해의 제스처를 취했다. 렘브란트는 이 장면을 특유의 명암을 강조해 그려냈다. 렘브란트 작품 중에서는 특이하게도 오리엔트

풍의 터번과 화려한 의상을 두른 다윗 왕과 역시 화려한 옷을 입은 압살롬이 그림에서 단연 압도적인 존재감을 드러냈으며, 의상에 달린 보석의 번쩍이는 질감을 실감나게 묘사하였다. 렘브란트는 배경을 어둡게 함으로써 인물들을 돋보이게 만들었고, 이는 장면의 극적인 효과를 높였다.

〈돌아온 탕아〉도 성서의 이야기를 토대로 한 렘브란트의 그림으로, 나눠주었던 재산을 다 탕진하고 볼품없는 꼴로 돌아온 아들을 아버지는 따뜻하게 맞아준다. 머리도 박박 깎이고 누더기만 걸친 아들을 감싸 안는 왼손은 투박한 아버지의 손, 오른손은 부드러운 어머니의 손이며 예수의 사랑을 나타내기라도 하는 듯 아버지는 후광을 받아 빛난다.

하지만 큰아들을 죽인 일에 대한 분노가 아직 지워지지 않았던 걸까? 다윗은 아들에게 마음의 벽을 완전히 허물지 못했다. 그림 속 표정조차도 자애롭기보다는 허무함에 가깝다. 압살롬

렘브란트, 〈돌아온 탕아〉, 1669

은 아버지의 마음이 자신에게 완전히 열리지 않은 것을 느꼈고 자신이 왕위를 잇기 어렵다고 생각했다. 그래서 반란을 일으켜 오랫동안 아버지와 대립하다 죽임을 당했다. 자식을 끝내 용서하지 못하고 마음에 응어리를 가지고 있던 다윗은 결국 압살롬을 반역자의 길로 몰아가고 말았다. 다윗이 만일 암논이 다말을 강간했을 때 맏아들이라도 사사로운 정을 단호히 극복하고 확실히 벌을 내렸다면 압살롬의 반역은 일어나지 않았을 수도 있었다. 신의 사랑을 받으며 한 나라의 왕이 된 다윗에게도 완전한 용서는 어려운 일이었다.

자화상은 희로애락을 싣고

렘브란트 반 레인 | 자화상

렘브란트, 〈자화상〉, 1629

한 사람의 일생을 들여다볼 수 있는 가장 좋은 방법은 무엇일까? 그중 하나는 바로 앨범을 보는 것이다. 아기 때부터 유치원에 들어갔을 때, 입학식, 졸업식, 소풍, 가족여행 등 인생의 중요한 순간을 우리는 사진으로 줄곧 남기기 때문이다.

사진이 없던 시절의 사람들은 이를 초상화로 대신하기도 했는데, 대화가인 렘브란트는 인생의 분기점마다 자화상을 그려 그 족적을 남겼다.

렘브란트는 젊은 시절부터 초상화로 유명한 화가였으며, 초기에는 연습을 위해 자화상을 그렸다. 거울을 통해 다양한 표정을 지어 보이기도 하고, 거지로 분장하기도 했다. 그는 요청으로 그린 그림은 자기 생각과 재능을 마음대로 발휘할 수 없다고 생각했으며, 내면의 세계를 그리는 열쇠로 자기 자신을 택했다.

렘브란트는 평생에 걸쳐 총 100여 점이 넘는 자화상을 그렸으며, 빛의 화가라는 명성에 걸맞게 자화상에서도 명암 기법이 돋보인다. 특히 1629년 그린 23세 때의 자화상은 별다른 효과 없이 명암의 강약조절만으로 인물의 감정까지 묘사해낸 수작이라 할 수 있다. 28세 때의 자화상은 옷의 주름과 질감 묘사에 초점을 맞추었으며, 30대가 되어 인생의 전성기에 도달했을 때는 귀족 옷을 입은 자기 모습을 그렸다. 라파엘로와 티치아노 같은 이탈리아 화가들의 영향이 구도에 반영되어 있다.

렘브란트, 〈34세의 자화상〉, 1640

하지만, 1656년에 파산을 겪으면서 소위 '잘 나가던' 화가 렘브란트의 부유했던 생활은 종지부를 찍고 만다. 1658년의 자화상에서는 왕실의 복장을 입고 있지만 얼굴에 자리한 우울은 쉽게 가려지지 않는다. 생을 마감하기까지 10여 년 동안 그는 자화상에 더욱 몰두했으며, 노년의 자기 모습을 담담하고 섬세하게 묘사했다.

렘브란트, 〈63세의 자화상〉, 1669

마지막 해였던 1669년에는 두 점의 자화상을 남겼는데, 두 점 모두 고독한 분위기를 물씬 풍기고 있으며 냉소적일 정도로 사실 그 자체를 담고 있다. 런던 내셔널 갤러리에 소장된 작품은 1967년의 X-ray 검사를 통해 그림 속에 2개의 펜티멘토(다른 디자인으로 이루어진 흔적)가 드러나기도 했다. 먼저 베레모의 크기와 색상의 변화로, 원래는 붉은색이 아닌 흰색이었고, 훨씬 더

렘브란트, 1658,
〈지팡이를 든 자화상〉

켰다. 또 하나는 손의 원래 위치와 모양이다. 원래는 손이 모아져 있지 않고 붓을 들고 있었다. 손을 모은 상태로 다시 그리면서 붓을 없앴는데, 이를 통해 그림의 역동적인 힘이 줄어들었다.

파산 후 찾아온 경제적 위기와 더불어 아내의 죽음까지, 말년의 고통스러운 황혼기를 날것 그대로 그려낸 1665년의 〈웃는 자화상〉은 그동안의 사실주의적인, 균형 잡힌 초상화들에 비하면 붓의 터치도 거칠고 색채마저 단조롭다. 그럼에도 흐린 눈으로 자조하듯, 짙게 묻어나오는 웃음이 시선을 사로잡고 있어 그의 초상화 중 가장 주목받고 있는 작품이다.

렘브란트, 1665,
〈웃는 자화상〉

젊었을 때부터 부와 명예를 얻으며 승승장구했지만, 말년의 파산과 가족들의 죽음으로 고통받다 세상을 떠난 렘브란트의 삶을 우리는 자화상을 통해 볼 수 있었다. 한창 승승장구할 때도 자기 성찰을 게을리 하지 않았고, 삶의 마지막엔 더욱 그 의지를 불태운 화가의 예술혼은 지금도 우리 앞에서 그 빛을 잃지 않고 있다.

사람은 불혹이 넘으면 그동안의 발자취에 따라 남은 인생의 얼굴이 바뀐다고 한다. 젊은 시절을 영원히 이어갈 수는 없더라도, 그때의 당당함과 올곧은 마음을 항상 간직한다면 그때의 미소와 아름다움은 웃는 얼굴을 더욱 돋보이게 하는 고운 주름으로 남을 것이다.

화가의 고요한 일상

루벤스 | 자화상

'루벤스'를 처음 만난 건 20여 년 전. 애니메이션 「플란다스의 개」에서 주인공 네로가 항상 보고 싶어한 그림의 화가가 그였다. 루벤스의 〈십자가에 매달리는 그리스도〉를 보면서 행복해하며 네로가 파트라슈와 함께 죽음을 맞는 결말에 슬쩍 눈물을 훔쳤던 기억이 있다. 그러나 나중에 좀 더 철이 들어서 자세히 본 루벤스의 그림은 약간 실망스럽기까지 했다. 원래 모습보다 과장된 근육과 그림 전체에 흘러넘치는 기상은 내 개인적인 취향에 맞지 않았기 때문이다.

예술가들은 가난하고 불행한 삶 속에서 예술혼을 불태우는 것이 무슨 공식처럼 자리 잡았지만, 루벤스는 예외다. 그는 역대 미술가 중 가장 부유했고, 아름다운 부인들과 해로했으며, 제자들이 줄을 설 만큼 유명한 화가인 동시에 기사 작위까지 얻은 외교관이었다. 6개 국어를 자연스레 구사하며 고전에 대한 지식과 깊은 교양으로 이미 귀족 대접을 받던 궁정화가였으며, 죽을 때까지 막대한 부를 누렸다. 그의 과장되어 보이기까지 하는 인체묘사와 밝고 과감한 색채는 그의 본질적인 풍요로움에서 비롯된 것이다.

개인적 취향에 완벽히 맞지 않을 뿐, 루벤스가 시대를 넘어 칭송받을 만한 대가라는 것은 네로가 마지막으로 보고 감동에 젖었던 〈십자가에 매달리는 그리스도〉만 봐도 알 수 있었다. 보는 순간 바로 '헉'하고 사람을 압도하게 만드는 거대하고 꿈틀대는 인체묘사와 웅장한 기상, 한눈에 들어오는 대각선 구도와 십자가에 매달렸음에도 당당한 예수의 모습이 그 어떤 종교화에서도 찾아볼 수 없던 활력과 생기가 흘러넘치게 한다.

다른 그림들에서도 루벤스의 생생한 활기는 여전하지만, 자화상은 의외다 싶을 정도로 평범한 느낌을 지울 수 없다. 평소 즐겨 사용했던 과장의 미학을 자화상에서만큼은 드러내지 않았

루벤스, 〈십자가에 매달리는 예수〉, 1610

루벤스, 〈중년의 자화상〉, 1625

다. 하지만 자화상 속에는 그의 인생이 담겨 있어, 웅장한 그의 종교화나 신화를 주제로 한 그림만큼 읽는 재미가 있다. 그는 자화상을 즐겨 그려 여러 점으로 남겼는데, 1625년의 〈중년의 자화상〉은 1624년에 귀족으로 봉해진 뒤 그린 것이다. 그림 속 루벤스는 화가라기보다는 귀족의 집에나 걸려 있을 듯하다. 그는 화

루벤스, 〈노년의 자화상〉, 1639

가보다 귀족의 지위에 더 만족한 것일까? 그러나 그림 속 얼굴은 수척하고 피곤에 젖어 있다. 일상의 피로가 잔뜩 쌓인 것처럼 보인다. 예순두 살에 그린 〈노년의 자화상〉은 세상을 떠나기 1년 전에 완성한 것이다. 주름진 화가의 얼굴은 세월의 흔적이 보이며 매우 무거운 분위기를 풍긴다. 어두운 배경과 겹쳐져 윤곽이

루벤스, 〈만토바에서 온 친구들에 둘러싸인 자화상〉

뚜렷하진 않지만 챙이 긴 기사 특유의 모자를 쓰고 있는데, 이는 본인이 받은 기사 작위를 강조하는 걸로도 보인다. 당시 그가 대머리였다는 후문이 전해지는 걸로 보아 가발을 썼을 것으로 추측된다. 오른손에만 장갑을 끼고 있는 것은 중풍으로 뒤틀린 손을 가리기 위해서라고 한다.

집단 초상화인 〈만토바에서 온 친구들에 둘러싸인 자화상〉에서는 젊었을 적의 자신감과 패기를 바로 읽을 수 있다. 다른 사람들은 흐릿하게 표현했고, 약간 뒤를 돌아보는 각도의 자기 자신은 선명하게 표현한 데서 작가의 자의식이 잘 드러난다.

'중이 제 머리 못 깎는다'는 속담도 있지만, 자화상만큼 화가의 일생을 잘 표현해주는 그림이 있을까? 혼자 한껏 폼을 잡은 젊은 시절의 루벤스, 아내와 함께 있는 다정한 루벤스. 부풀고 과장된 근육과 살결이 넘나들던 선명한 그림에서 조금은 단조로워 보이기까지 하는 자화상을 보고 있노라면, 오히려 그런 고요한 면에서 루벤스에게 흥미가 샘솟는다.

루벤스, 〈인동덩굴 아래의 루벤스와 이사벨라 브란트〉, 1610

밑에서 끊임없이 물장구치는 백조처럼

르누아르 | 물랭 드 라 갈레트의 무도회

《모네에서 피카소까지》전시 티켓 한가운데를 장식한 르누아르의 〈르그랑 양의 초상〉은 언제 봐도 마음이 따뜻해진다. 봄의 화가라고도 불리는 르누아르. 그래서 요즘 같은 때엔 그의 그림이 더욱 정겹다. 얼마 전 그의 말년을 다룬 영화 〈르누아르〉도 개봉했었는데, 은은하면서도 밝은 르누아르 그림 특유의 색채를 영화에서도 잘 살렸다.

일생을 프랑스의 화려한 일상에 쏟은 것만 같이

밝고 화려한 그림의 대명사가 된 그가 실은 가난한 양복점 아들로 태어났다는 것은 의외다. 가난했기에 르누아르는 13살이 되자마자 공장 도자기에 그림 그리는 일을 시작했는데, 이곳에서 색채를 익힌 것이 그만의 미술세계를 구축하는 데 큰 도움이 되었다. 이 무렵부터 화가를 꿈꾸었으며, 아틀리에에 들어가 모네, 세잔, 기요맹 등 젊은 인상파 화가들과 어울리게 되었다. 초기에

르누아르, 〈물랭 드 라 갈레트의 무도회〉, 1876

르누아르, 〈르그랑 양의 초상〉, 1875

는 코모, 들라크루아, 쿠르베 등의 영향을 받았고, 한동안 인상파 그룹의 한 사람으로서 눈부시게 빛나는 색채표현이 일품이다. 〈물랭 드 라 갈레트의 무도회〉와 〈샤토에서 뱃놀이를 하는 사람들〉은 인상파 시대의 대표작이다.

파리의 오르세 미술관에 가면 꼭 봐야 할 그림 중 하나는 〈물랭 드 라 갈레트의 무도회〉다. 계속 바라보고 있으면 이때 파리의 화사하고 약간은 느슨한 흥청망청한 분위기에 나도 모르게 녹아드는 느낌마저 든다. 야외의 느낌이 생생한데, 이때부터 르누아르와 인상주의 화가들은 이러한 야외에서 직접 보고 그리는 풍경화인 '외광회화'로 유명해졌다고 한다.

르누아르는 1881년에 이탈리아 여행을 다녀온 후, 라파엘로와 폼페이의 벽화에서 영향을 받아 귀국 후 색감과 묘사법이 크게 바뀌었다. 고전적인 경향을 띤 작품들로 〈목욕하는 여인들〉 등을 그렸으며, 이후 완전히 인상파에서 이탈하여 원색대비가 돋보이는 원숙한 작풍을 확립하였다. 1890년대부터는 꽃 · 어린이 · 여성에 천착했으며, 특히 〈잠든 나부(裸婦)〉 등은 강한 의욕으로 빨강색, 황색을 초록이나 청색 등의 엷은 색채로 떠올리면서 부드럽고 미묘한 이미지를 관능적으로 묘사하곤 하였다.

르누아르는 프랑스 미술의 우아한 전통을 근대에 계승한 뛰어난 색채 화가로서, 1900년에는 레지옹 도뇌르 훈장을 받았다. 만년에는 지병인 류머티즘성 관절염 때문에 손가락에 연필을 매고 그리면서도 마지막까지 제작하는 기쁨을 잃지 않았다. 노장의 투혼은 영화 「르누아르」에 고스란히 그려져 있다. 생의 마

르누아르, 〈샤토에서 뱃놀이를 하는 사람들〉, 1879

지막 10년은 조수를 써서 조각상도 남겼다 하니 진정 예술가로서의 삶을 살다 간 것이다.

거리의 어둡고 두터운 옷들 속에 간간이 밝고 얇은 옷들이 보인다. 일교차가 커서 아침저녁으로 쌀쌀한 것도 초봄 날씨답다. 봄의 따뜻함을 담은 특유의 느낌을 지녔으면서도 끊임없이 변화를 시도하고, 발전해 나간 르누아르. 그마저도 봄의 변화무쌍함을 닮았다.

르누아르, 〈목욕하는 여인들〉, 1887

르누아르, 〈잠든 나부〉, 1897

살롱에서 거부당한 당대의 뮤즈, 그 모순의 진상은?

마네 | 나나

"금파리는 거리에 버려진 썩은 고기에서 죽음을 묻혀 보석처럼 반짝거리며 윙윙대며 날아다니다가 남자들에게 독을 옮긴다." 에밀 졸라의 소설 『나나』에 나오는 구절로, 팜므 파탈을 이야기할 때 자주 인용되는 구절이다. 동시에 화려하고 아름다운 매춘부에게 매료되면서도 병균을 옮기는 금파리만큼 멸시했던 상류층의 이중적인 태도를 보여주기도 한다.

마네, 〈나나〉, 1877

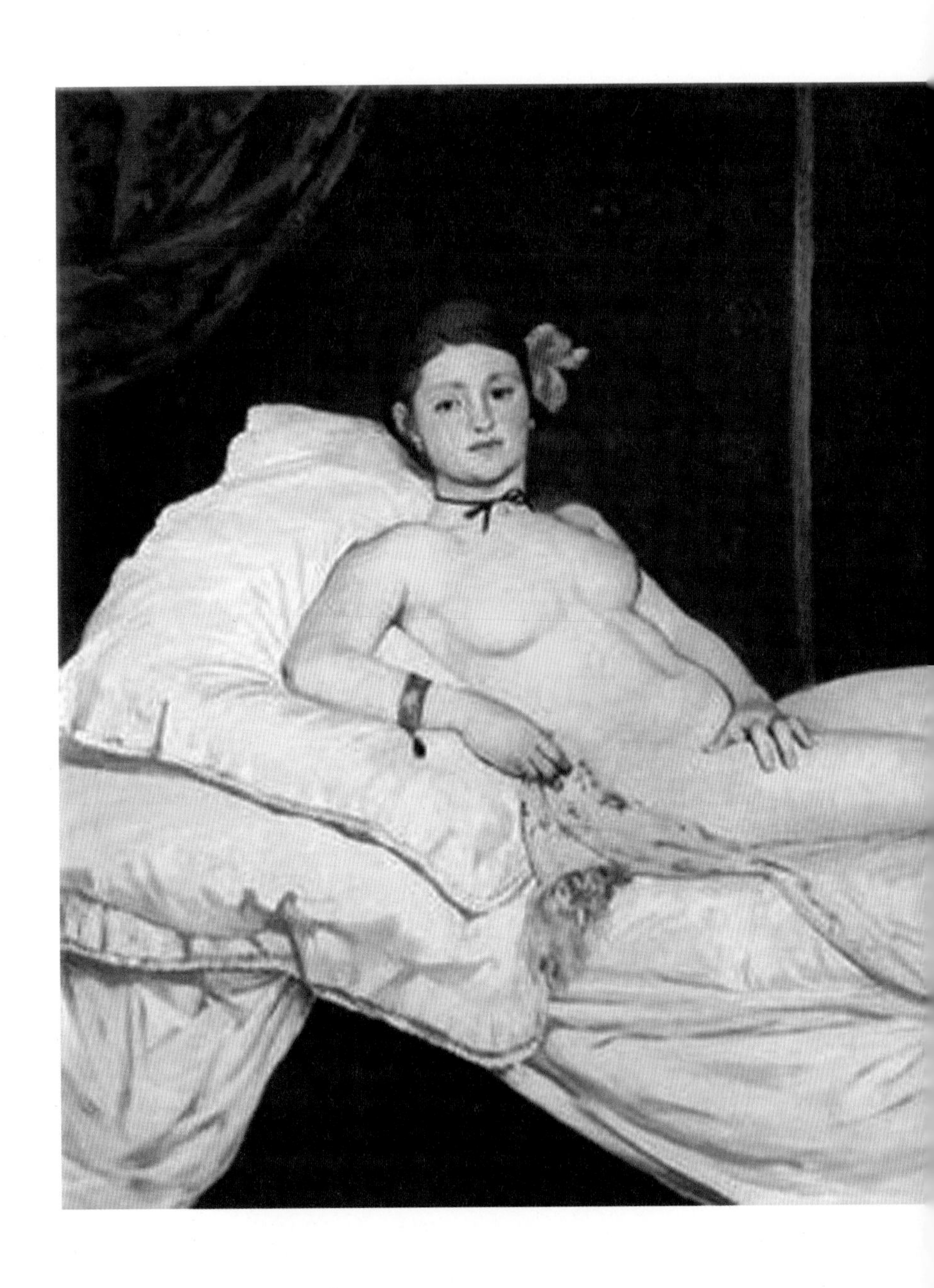

마네, 〈올랭피아〉, 1863

마네가 그린 〈나나〉는 소설 『나나』의 여주인공을 모델로 한 작품이다. 졸라와 돈독했던 마네는 발간 전부터 이 소설을 알고 있었고, 이에 영감을 받아 소설과 같은 제목의 그림을 먼저 선보였다. 마네가 〈나나〉를 그린 지 1년 6개월 만에 졸라는 『나나』를 연재했고, 이듬해 책으로 출판했다. 매력적인 고급 창녀 나나의 부귀영화와 몰락을 통해 당시 고위층의 부패를 비판하는 이 소설은 출간 즉시 커다란 이슈가 되었다.

〈나나〉는 〈풀밭 위의 식사〉와 〈올랭피아〉에 이어 또다시 파리 시내를 들썩이게 했다. 마네는 이 그림을 살롱에 출품했지만 심사위원들은 이 작품을 낙선시켰다. 작품의 실제 모델이 고급 창녀 앙리에트 오제였기에 누가 봐도 매춘을 소재로 삼은 게 확실했고, 그림 속에서 정신없이 여인을 바라보는 남자의 시선조차 보수주의자들에게 못마땅하게 보인 것.

그림 속 여인은 관능미가 넘친다. 속옷 차림으로 거울 앞에 서서 한껏 멋을 내려는 여인은 화면 밖 관람객을 향해 은밀히 눈짓한다. 동그랗고 큰 눈, 오뚝한 코, 붉고 도톰한 입술, 잘록한 허리에 볼록한 엉덩이. 누가 봐도 매력적이다. 화면 오른쪽 소파에 앉아 나나의 몸단장이 끝나기를 기다리는 신사도 이미 그녀의 매력에 사로잡힌 상태. 여인의 화장이 끝나기만을 기다리는 그의 눈길이 풍만한 엉덩이에 꽂혀 있다. 엉덩이를 보는 신사의 눈길과 화장하면서도 시선을 느낀 듯 엉덩이를 당당하게 내미는 여인의 표정이 해학적이다.

등 받침대가 있는 커다란 소파는 상류층이 침대 대용으로 애용하던 쾌락의 공간이었으며 뒤쪽 벽에 그려진 학은 매춘부를 상징한다.

19세기 후반 파리에 매춘부가 급격히 늘면서 매춘은 일반적인 사회현상이 되었다. 사람들의 주된 관심사는 매춘부였으며 이들은 소설 · 연극 · 회화 · 사진 등 다양한 예술 분야의 주제가 되었다. 하지만 직접적으로 매춘부임을 드러내는 표현은 금기시되던 시기였는데, 이 작품은 매춘부의 일상을 적나라하게 표현해 〈올랭피아〉와 마찬가지로 비평가들로부터 혹평을 받았다.

살롱 전시가 거부되자 이 그림을 수도사의 거리에 전시했는데, 문 앞에 경찰을 세워야 했을 정도로 많은 인파가 그림을 보기 위해 몰려들었다고 한다. 매춘부를 예술의 뮤즈로 삼았으면서도 직접적으로 드러내기는 꺼려했고, 살롱 전시는 거부했지만 거리에서는 그림을 보려는 사람들이 가득했다. 모순된 당시 지식인들의 행태를 마네는 그림으로 비판하고자 했던 것일지도 모른다.

온전히 나만이 존재하는 생각의 장소

마네 | 발코니

발코니, 우리에겐 흔히 베란다로 통하는 이곳은 내게 '생각의 장소'다. 시끄러운 집안에서 벗어나 혼자 생각할 틈을 주고, 신경 쓸 일이 가득한 집 밖하고는 또 구분되는 중간 지점. 마네는 이 발코니에 서 있거나 집안에 앉아 있는 사람들을 통해 우리에게 현대인의 고독 혹은 어디에도 속하지 않는 중간지대의 모호함에 대해 이야기하고 싶었던 것 같다.

고야, 〈발코니의 마하〉, 1808~1812

마네가 1869년 살롱에 출품한 〈발코니〉는 발코니에서 유유자적하게 밖을 내다보고 있는 파리 사람들을 그렸다.

그림 속 인물들은 모두 마네와 가까운 지인이다. 맨 앞에 앉아 강렬한 인상을 풍기는 여류화가 베르트 모리조는 여기서 처음으로 마네의 그림에 등장했고 이후 여러 작품의 모델이 된다. 마네는 1868년에 모리조 자매를 소개받아 절친한 친구가 되었으며 베르트 모리조는 마네의 동생 외젠과 결혼했다. 마네는 보들레르가 시를 바칠 정도로 매력적이었던 모리조의 검은 눈에 매료되었지만, 〈발코니〉 속 모리조는 공허한 눈빛으로 바깥을 멍하게 바라보고 있다. 이후 작품인 〈휴식〉에서도 모리조는 〈발코니〉에서처럼 흰 드레스를 입고 부채를 든 공허한 얼굴로 그려졌다. 오른쪽에 양산을 들고 있는 여자는 바이올리니스트 파니 클라우스, 가운데 서 있는 남자는 풍경화가 앙투안 기르메, 어두운 실내에 서 있어 잘 알아볼 수 없는 이는 부인 수잔이 마네와 결혼하기 전 낳은 아들인 레옹이다.

마네는 휴가를 보낸 볼로냐에서 만난 사람들과 고야의 〈발코니의 마하〉에서 영감을 받아 이 작품을 그렸다. 고야의 작풍이 짙게 느껴지지만, 마네는 이 그림을 통해 아카데미의 관습에서 벗어났다. 그림은 어떤 이야기나 일화를 전달하지 않는데다 전통과 사실성을 벗어나 있었기에 당시 이 작품을 처음 본 관객들은 이에 적응하지 못했다. 살롱에 출품되었을 때도 마찬가지.

마네, 〈화실에서의 오찬〉, 1868

난간 뒤의 인물들은 갇힌 듯 보이고 원근법을 쓰지 않아 비판을 받았다. 또한 인물의 얼굴보다 꽃을 더 공들여 그리는 등 소재들 간의 전통적 위계도 무시했다. 꿈을 꾸는 듯 혼자만의 생각에 잠긴 모리조의 발치에서 공을 가지고 노는 강아지만이 활기차다. 발코니에 함께 있지만, 각자 다른 곳을 보는 인물들은 당시 이 그림을 처음 본 사람들을 어리둥절하게 했다.

마네는 이런 심리적 거리감과 모호성을 현대 도시의 특징으로 여겨 이후 〈뱃놀이〉와 〈화실에서의 오찬〉 등의 작품에서도 마주치지 않는 시선을 통한 심리 표현을 계속 시도했다. 문학에 '낯설게 하기'라는 표현이 있다. 낯익은 것에서 새로운 측면을 밝혀내 일상과 자기 자신을 외부의 시선으로 보는 기법인데, 마치 남을 보는 것인데도 〈발코니〉를 보면 그림의 네 사람이 낯설지만은 않게 느껴져, 마치 내 모습을 타인의 시선으로 낯설게 보는 것만 같다.

마네, 〈뱃놀이〉, 1874

파격, 또 파격

마네 | 풀밭 위의 점심식사

마네, 〈풀밭 위의 점심식사〉, 1863

햇볕이 따뜻하게 내리쬐는 날, 자리를 펴고 잔디에 누워 햇볕을 쬐고 있으면 절로 깨끗해지는 기분이 든다. 볕 좋은 날만을 기다렸다가 아무 데나 누워선 온몸에 일광욕을 하는 유럽인들의 마음이 이런 걸까? 그런데 반가운 햇볕을 맞는 일광욕도 아닌, 점심시간의 풀밭에 왠 누드 여인이 있다면 꽤 당황스러울 것이다. 당시 사람들이 본 마네의 〈풀밭 위의 점심식사〉도 그랬다.

파리의 중산층 가정에서 태어난 마네는 해군이 되기를 바란 부모의 반대를 무릅쓰고 역사화가로 이름을 떨치던 쿠튀르의 문하에 들어가 본격적으로 회화 공부를 시작했다. 그는 쿠튀르의 스튜디오에서 회화 수업을 받는 한편, 루브르 박물관 등에서 명화를 모사하는 훈련을 시작했다. 과거의 명작을 모사하는 것은 1850년대 당시의 화가 지망생들에게는 일반적인 훈련이었지만, 마네는 대가들의 작품에 나타난 주제나 구도, 기법 등을 모방하는 데 그치지 않고 자신의 작품 속에서 새롭게 재해석 해냈다. 〈풀밭 위의 점심식사〉에서도 마네의 이러한 재해석을 살펴볼 수 있다.

〈풀밭 위의 점심식사〉는 두 쌍의 커플이 강이 흐르는 한적한 숲 속에서 여흥을 즐기는 장면을 그렸다. 화면 전경에 등장하고 있는 남녀는 두 거장의 작품에서 따온 것인데, 하나는 티치아노의 〈전원 음악회〉이고, 다른 하나는 16세기 이탈리아 판화가 라

이몬디가 모사한 동판화로 전해지고 있는 라파엘로의 〈파리스의 심판〉이다. 이 중 특히 정면을 바라보고 있는 인물과 비스듬히 기대어 있는 인물의 모습은 〈파리스의 심판〉에서 그대로 따온 것이다. 그러나 마네는 이런 전통적인 모티브 속 인물들을 동시대 파리 시민들의 모습으로 그려 큰 비난을 받았다. 그림 속 여성은 신화에 등장하는 여신이나 님프가 아니라 동시대 여성인 '빅토린 뫼랑'이라는 것을 당시 관람자들은 불편해했고, 이 여성이 역시 실존 인물들을 모델로 한, 옷을 잘 갖춰 입은 부르주아 남성들과 함께한 것으로 묘사된 데서 부르주아의 위선을 지적당하는 것 같은 당혹감을 느낀 것이다.

관람자들에게 〈풀밭 위의 점심식사〉는 작품의 형식적 측면에서도 파격적이었다. 마네는 공간을 묘사하면서, 숲 속 여러 소품들의 크기나 위치를 원근법에 따라 조정하지 않았다. 그 덕에 단일 시점의 원근법으로 그림을 봤던 이들은 〈풀밭 위의 점심식사〉 속 배경에서 공간적 깊이를 느끼기 어려웠다. 예를 들자면, 화면 가운데서 목욕하는 여인은 그 오른편에 그려진 배에 비해 너무 크게 그려졌기 때문이다.

그는 대상을 묘사하면서 중간 색조를 과감히 생략했고, 전체적으로 녹색과 갈색 위주로 채색했다. 그 결과, 화면 속 대상들의 세부 묘사는 단순화되고, 대상의 실루엣이 강조된 반면, 명암의 표현이 최소화되면서 대상들이 평면적으로 보인다.

티치아노, 〈전원 음악회〉, 1508~1509

마치 햇빛 아래서 전혀 부끄러움 없이 일광욕을 만끽하는 유럽인들처럼 그의 작품에도 거리낌은 없었다. 그 탓에 당대 관람자들과 비평가들의 분노를 산 〈풀밭 위의 점심식사〉는 오늘날 모더니즘의 출발을 알린 혁신적 작품으로 여겨진다. 마네 등장 이전, 회화는 어떤 주제를 전달하느냐에 따라 그 우열이 가려진다고 여겼다. 그러나 마네는 그림의 주제나 내용보다는 형식적

라이몬디, 〈파리스의 심판〉, 1534

특성에 관심을 갖게 만들어 '예술을 위한 예술(art for art's sake)'이라는 모더니즘의 특징을 예견한 것이다.

마음껏 뛰어노는 색채의 향연

마티스 | 붉은색의 조화

마티스, 〈붉은색의 조화〉, 1908

작년 롯데백화점에서 열린 나탈리 레테 전시회에 간 적이 있다. 원색적이고 강렬한 배경이 귀여운 캐릭터들을 더욱 돋보이게 했다. 알록달록한 그림들 한가운데 있자니 자연스레 그녀와 같은 프랑스 출신의 화가 마티스가 떠올랐다. 그는 남들보다 늦은 나이에 우연히 재능을 꽃피웠지만 피카소가 '뱃속에 태양이 들어있다'며 극찬한 색채 감각의 보유자였다.

법률사무소의 서기로 일하던 마티스는 21살에 급성 맹장염에 걸려 병원 신세를 지게 된다. 몇 개월이나 침대에서 옴짝달싹할 수 없게 된 아들을 위해 그의 어머니가 물감과 그림 그리는 방법이 담긴 책을 선물해 주었다. 이때를 계기로 그의 예술혼이 깨어났다. 변호사가 되기를 포기하고 모로의 제자로 들어가 본격적으로 그림을 배웠는데 이때부터 특이한 색채 감각이 돋보여 스승인 모로가 그의 성공을 예견했을 정도였다. 스승의 안목은 정확했다. 그로부터 1년 후 마티스는 국립미술협회가 주최한 살롱에 그림 4점을 출품하며 화가로서의 첫 발을 순조롭게 내디뎠다.

그 후 블랑뱅크, 마르케와 함께 연 합동 전시회에서 구사한 거침없는 색채에 평론가 복셀이 '야수들'이라는 별명을 붙여 주면서 포비즘, 즉 야수파의 활동이 시작되었다. 아카데미즘에 대항하며 인상파 이후의 새로운 시각과 기법을 추진하기 위해 순색(純色)을 구사하고 빨강 · 노랑 · 초록 · 파랑 등의 원색을 병렬

마티스, 1905,
〈마티스 부인의 초상〉

적으로 화면에 펼쳐 대담한 개성의 해방을 시도하였다. 대기나 나무도 붉게 칠하는 등 전통 색채 체계를 완전히 파괴했으며 명암 · 양감 등도 뒤섞어 놓았다. 이때 특성이 잘 드러난 대표작으로는 〈마티스 부인의 초상〉이 있다.

〈붉은색의 조화〉 역시 마티스의 개성이 잘 드러나는 대표작 중 하나로, 창 너머로 숲이 보이는 평범한 프랑스 가정의 식탁을 그렸다. 식탁보부터 벽까지 이어진 붉은색 배경과 아라베스크 무늬가 차분한 분위기의 여인과 대조를 이루며 활기를 불어

넣었다. 창밖 배경은 녹색 위주로 구성해 실내의 붉은색과 대비된다. 또한 여인의 무채색 옷과 실내의 원색도 일종의 대비로 볼 수 있다.

〈붉은색의 조화〉와 〈붉은색 실내〉의 화려한 장식과 무늬가 가득한 인테리어, 〈루마니아풍의 블라우스〉 등 개성 넘치는 의상을 입은 여인들의 초상화로 마티스의 그림은 지금까지도 각종 광고나 디자인에 영감의 원천이 되며 그 화려한 색채를 잃지 않고 있다.

마티스, 1940,
〈루마니아풍의 블라우스〉

250가지 녹색의 향연

모네 | 수련

영화 「미드나잇 인 파리」는 주인공이 우연히 1920년대 파리로 시간을 거슬러 올라가며 벌어지는 이야기를 담았다. 약혼자와 함께 파리를 찾은 주인공은 모네의 집에 있는 연못에도 가보고, 미술관의 〈수련〉 연작을 감상하다 해석의 옳고 그름을 두고 말다툼을 벌이기도 한다. 모네 말년의 걸작으로 칭송받는 〈수련〉은 그 규모가 크기로도 유명해 영화 초반에도 존재감을 과시한다. 얼마나 큰지 앞에 의자를 두고 앉아 감상하는 경우도 있다.

모네, 〈수련〉, 1916~1922

모네, 〈수련〉, 1900

인상주의 화가로 명성을 떨치던 모네는 1890년 지베르니에 정착해 정원을 가꾸기 시작했다. 평생 인상주의만을 고수했던 모네는 시대 변화에 따라가지 못하고 자기만의 스타일에 갇힌 화가로 여겨졌으나, 1890년대부터 몰두하기 시작한 연작(시리즈)에서 그는 인상주의만큼 미술사적으로 큰 의미를 남겼다. 그는 정원을 만들면서 수련 등 수생 식물과 아이리스를 심고 연못을 가로지르는 일본식 다리를 세웠으며, 정원 곳곳에 각종 희귀한 꽃을 길렀다. 여섯 명의 정원사를 두고도 직접 정원을 가꿀 정도로 모네는 정원에 애착을 가졌고, 이런 열정이 그가 〈수련〉 연작을 그리는 바탕이 되었다.

모네는 1926년에 사망할 때까지 〈수련〉 연작을 제작했으며, 그 수는 무려 250여 점에 달한다. 지인들이 하나둘 먼저 세상을 떠나고 혼자가 되면서 연못이 그의 유일한 대화상대가 되었다고 한다. 사시사철 변해가는 빛과 대기에 따른 인상의 변화를 잡아낸 색채에 대한 모네의 관심은 여전했지만, 그는 회화적 공간 연구에도 점점 더 관심을 갖게 되었다. 〈수련〉 연작은 이런 화가의 관심이 반영된 작품이다. 정사각형에 가까운 틀들은 색채의 장식적 가능성을 강조하고 있다.

지병인 백내장으로 모네의 시력이 약해져 점차 추상화·단순화 경향이 두드러지던 시기, 모네는 회화 공간 속에서 추상적인 탐색을 시작했다. 수평선은 점차 위로 올라가다 완전히 사라지고 수면만 나타나기도 한다. 이 그림에서 모네는 수련과 수면을 그려내면서 두 가지 다른 회화적 기법을 사용했다. 그는 가로로 긴 터치를 사용해 수련을 그렸고, 수면은 수직적인 터치로 그려냈다. 영역이 분명하게 구별되지 않는 수면과 그 위에 떠있는 수련을 모호하게 구분한다. 물은 더 이상 투명하지 않고, 주변에 있는 식물이나 하늘을 반사하지도 않는다. 모네의 그림에서 물은 색을 띠는 대기가 되었고, 흐릿하게 늘어놓은 색들은 이를 따라 떠다니다 하나가 된다. 원근법을 부정하지는 않지만 수평선이 분명하게 드러나지 않는 이 그림의 주인공은 수련이 아닌 수면, 연못 그 자체다.

영화 속 울창한 녹빛을 띠는 스크린 속 실제 연못 역시 아름다웠지만, 실제와 비슷하면서도 다른 이미지로 그려낸 〈수련〉 연작 역시 저마다의 녹색으로 제 목소리를 내고 있었다. 자연을 모방한 그림이지만, 그림이 때로는 자연에서 볼 수 없는 무언가를 보여줄 때도 있다.

모네, 〈수련〉, 1907

바람에 실린 그리움

모네 | 야외에서 인물 그리기 습작

모네, 〈야외에서 인물그리기 습작 : 양산을 쓰고 오른쪽으로 몸을 돌린 여인〉, 1886

모네, 〈야외에서 인물그리기 습작 : 양

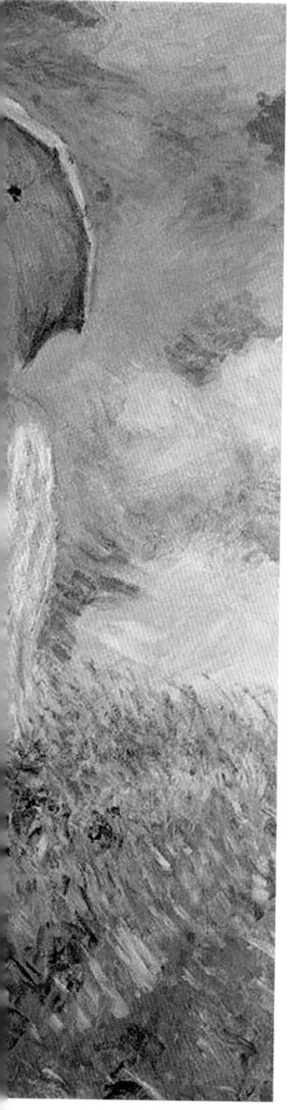

몸을 돌린 여인〉, 1886

5월 3일부터 8월 31일까지 국립중앙박물관에서 열리는 《오르세미술관展, 인상주의, 그 빛을 넘어》의 포스터를 장식한 그림이 바로 이 〈야외에서 인물그리기 습작 : 양산을 쓰고 오른쪽으로 몸을 돌린 여인〉이다. 보고 있으면 밝고 상쾌한 기분과 행복감까지 느껴지는, 따뜻한 봄과 햇살이 조금씩 따가워지는 여름 그 사이에 어울리는 작품이다.

1880년대에 이르러 모네는 풍경과 어우러져 있는 인물을 소재로 작품을 그리기로 결심했다. 이 작품은 모네의 그러한 결심 이후 가장 처음으로 그린 그림이다. 지베르니로 이주한 뒤 그 풍경 속의 인물을 그린 습작으로, 〈야외에서 인물그리기 습작 : 양산을 쓰고 왼쪽으로 몸을 돌린 여인〉과는 세트를 이루고 있으며 〈양산을 쓴 여인〉이라는 제목으로도 불린다.

왼쪽으로 몸을 돌린 여인은 빛을 등지고 있어 모델 앞면에 그림자가 져 있지만, 오른쪽으로 몸을 돌린 여인은 빛을 향해 서 있어 양산을 쓰고 있는 상체 부분에 그림자가 졌다. 작품의 모델은 모네의 두 번째 부인 알리스가 전 남편과의 사이에서 낳은 딸 수잔이다. 수잔은 카미유가 세상을 떠난 후 모네의 작품 속에 자주 등장했던, 그가 가장 아끼는 모델이었다. 작품 속 얼굴은 거의 그 형태를 알아보기 힘들 정도로 흐릿한데, 이러한 표현 방법 덕분에 감상자들은 이를 단순한 인물화가 아닌 배경의 하늘과 언덕에 인물이 동화되어 있는 하나의 풍경화로 느끼게 된다.

모네는 작품 속 4분의 3이 넘는 부분을 붉은색과 흰색을 섞은 연파랑, 파스텔 톤의 밝은 분홍, 크림빛이 도는 연두색 등으로 표현했다. 이 색들을 미묘하고 섬세하게 배치해 인물과 하늘, 풀밭을 구분했다. 지평선 부분을 살펴보면 모네는 하늘과 구름을 그리기 위해 여러 방향으로 거칠게 붓질했다. 구름에 칠한 물감이 마르기를 기다린 후, 그 위에 분홍색 물감을 두껍게 칠해 풀잎을 표현한 것. 연하게 칠했지만 구름과는 뚜렷하게 구분되는 이 풀잎들은 바람에 흔들리는 동시에 햇빛을 받아 반짝이면서 마치 빛이 남긴 흔적을 기록하고 있다. 수잔의 드레스 및 바람에 나부끼는 투명한 베일 또한 하늘과 거의 같은 색으로 칠했지만, 흰색에서 푸른색으로 넘어가는 단계의 풍부한 색채를 보여주고 있다.

작품 속 배경 위에서 바람과 조화를 이루며 서 있는 수잔의 모습은 모네의 1875년작 〈산책〉을 떠올리게 한다. 〈산책〉의 모델은 죽는 순간에도 남편의 뮤즈였던 첫 번째 부인 카미유로, 모네의 따뜻하고 행복한 느낌을 담은 그림에 단골로 등장했다. 카미유의 따뜻한 느낌을 가장 많이 닮았던 게 수잔이었던 것일까, 흐릿한 그림 속 얼굴을 보며 그는 어쩌면 카미유를 그리워했을지도 모르겠다.

모네, 〈산책〉, 1875

인상주의의 시작

모네 | 인상, 해돋이

회화사의 한 줄기 획을 그었다 할 수 있을 만큼 중요한 개념인 '인상주의'. 하지만 쉬워 보이는 명칭과 달리 나는 그 의미를 이해하는 데 한참이나 걸렸다. 빛과 인상이 대체 무슨 관계란 말인가, 그러다 '이게 인상주의구나'라고 바로 알게 해준 그림이 바로 모네의 〈인상, 해돋이〉다.

아내인 카미유와 함께 신혼을 즐기던 모네는 1870년 보불전쟁을 피해 런던으로 떠났다. 이때 그

모네, 〈인상, 해돋이〉, 1872

터너, 〈호수 너머의 일몰〉, 1840

는 윌리엄 터너와 존 콘스터블의 그림을 공부했는데, 이는 모네에게 큰 영향을 끼쳤다. 이는 터너의 〈호수 너머의 일몰〉이나 〈난파 뒤의 아침〉만 보더라도 알 수 있다. 전쟁이 끝나고 모네는 최초의 인상파 전시회를 제의 · 개최했다. 〈인상, 해돋이〉는 이 전시회에서 첫선을 보였다. 말 그대로 고향에서 내려다본 항구를 보고 느낀 즉흥적인 인상을 그린 이 작품의 제목은 기획전의 전시 도록을 만들 때 동료들이 제목을 요구할 때 떠오르는 대로 말해준 것. 제목만큼이나 이 그림은 단순하다. 주목할 점은 검은색을 사용하지 않는 인상주의 기조가 확연하게 드러나고 있다는 점이다. 어둠 속에서 해가 막 떠오르는 풍경을 담은 이 그림에는 검은색이 전혀 사용되지 않았다. 검은색을 쓰지 않고도 충분히 어둠을 표현할 수 있다는 건 매우 혁신적인 일이었다. 하지만, 이런 실험들은 비평가와 관객을 불편하게 만들었다. 이제 이 그림은 인상파를 대표하게 되었지만, 처음에 인상주의라는 말 자체가 조롱의 뜻을 담고 있었으니 오죽할까. 비평가 루이 르로이가 모네의 그림을 보고 비아냥거리면서 붙여준 이름이 '인상주의'였다. 르로이는 "날로 먹는 장인 정신의 자유에 깊은 인상을 받았다"고 혹평을 쏟아부었다. 그림은 사진처럼 정교하고 우아한 주제를 다루어야 하는데, 고작 지저분한 항구 풍경을 붓질 몇 번으로 쓱쓱 그려놓고 폼을 잡는다는 거였다. 밤은 검다고 믿는 이들에게 '색채는 빛의 문제일 뿐'이라는 설득이 당장은 받아들여지기 어려웠을 터. 모네는 뚜렷한 형상을 통해 풍경을 나타내려 하지 않고 빛과 그림자를 통해 자신이 받은 인상을 그대로 전하려 했다. 그림에서 바다와 하늘을 구분하는 것은 색이다. 붉은 빛이 도는 하늘과 푸른 바다는 서로 겹치면서도 묘한 대조를 이룬다. 태양이 가장 밝은 것처럼 보이지만 실제 명도를 따져

보면 하늘과 거의 차이가 없다. 모네는 색채와 명도의 관계를 정확하게 표현했는데, 이를 통해 인상주의 그림들이 눈에 보이는 대로 그린다는 근대적 리얼리즘에 얼마나 충실했는지 알 수 있다. 인상주의가 등장한 이후 이제 풍경화는 야외를 그리는 것이 아니라, 그 사물이 내게 남긴 인상을 화폭에 옮기는 작업이 되었

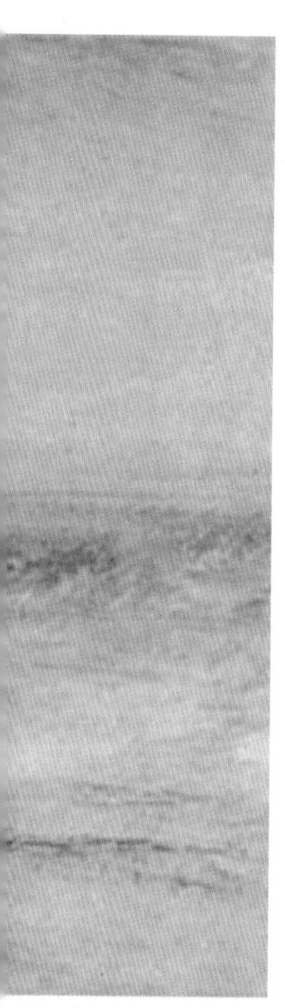
터너, 〈난파 뒤의 아침〉, 1841

다. 이 그림으로 모네는 과거와 결별했다. 당시 인상파 화가들은 독립성과 저항성을 상징했다. 개인전이라는 새로운 형태로 살롱에 도전한 인상파 화가들의 행동은 곧 대중의 공감과 지지를 얻어냈다. 이들은 정치적 성향이나 사회적 출신도 모두 달랐지만, 오직 그림을 통해 인상파라는 집단으로 묶일 수 있었다. 이들이 세부 묘사보다도 주제의 본질을 재빨리 잡아내고, 채색도 서로 나란히 겹쳐 칠해 색감들이 서로 섞이게 만든 것. 원색을 쓰는 것을 선호했고, 표면 마감도 불투명하게 처리했다. 이런 조처는 야외의 신선한 느낌을 표현하기 위한 것이었다.

모네의 〈인상, 해돋이〉는 인상파 화가들의 기법을 요약·정리해 놓은 것만 같다. 밝은 색으로 어두운 분위기를 그려낼 수 있다는 걸 정확하게 보여줬기 때문이다. 그렇기에 인상파를 대표하는 그림으로 손색이 없다.

노동의 웅장함을 말하다

밀레 | 이삭줍기

영화 「완득이」에서 주인공 완득이는 미술시간에 〈이삭줍기〉를 보고 남다른 감상을 남긴다. "(그림이 어때 보이냐는 선생님의 질문에) '뭘 봐?' 이러는 것 같은데요, 일단 저들은 가난한 나라에서 시집 온 이방인들로 보입니다. 그러니까 그들은 스스로를 지키기 위해 강해질 필요가 있었어요. 맨 오른쪽 저 아줌마 농장 주인이랑 한 방 붙으려고 주먹 쥐기 일보 직전이고요. … (후략)" 필리핀 출신 엄마와 한참 킥복싱을 배우고 있는 자기 처지에 이입

밀레, 〈이삭줍기〉, 1857

해 나온 해석이긴 하지만 놀라울 따름이다. 그림의 원래 배경과 상반되면서도, 그들의 슬픈 현실과 일맥상통하는 감상평이기 때문.

밀레는 농촌의 모습을 주로 그려 '농부의 화가'로 불렸다. 그는 실제로 프랑스 서북부의 작은 농촌 마을 출신이었지만, 평생

문학을 가까이했고 파리에 미술을 공부하러 간 지식인이기도 했다. 밀레는 초상화 한 점이 살롱전에 당선된 것을 계기로 초기에는 쉘부르와 파리를 오가며 초상화가로 활동했다. 1840년대 초기에는 주로 초상화와 풍경화, 누드화를 그렸으나 많이 주목받지 못했다. 이후 바르비종으로 이주하면서 밀레는 자연 풍경을 그리는 바르비종파의 영향을 많이 받았다. 이때 동료 화가이자 절친한 친구인 루소와 평생의 후원자 상시에를 만나게 된다. 1848년 살롱에 출품한 〈키질하는 사람〉이 그가 최초로 그린 농민의 생활상이며, 그림은 배경이나 인물도 아닌 오로지 '키질'이라는 작업 자체에 초점이 맞춰져 있다.

밀레, 〈키질하는 사람〉, 1848

1857년 출품한 〈이삭줍기〉는 밀레 특유의 농촌 풍경 속 웅장

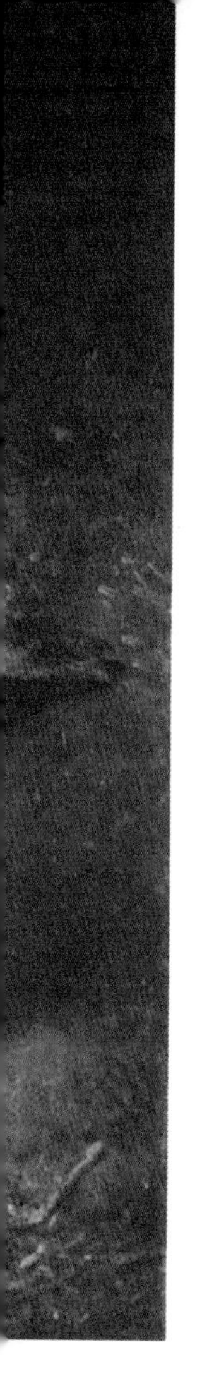

함이 깃들어 있는 대표작 중 하나다. 이삭줍기는 극빈층 농민에게 부농이 베푸는 일종의 적선으로, 추수하고 난 뒤 들판에 남은 이삭을 주워가도록 허락한 것이다. 하지만 하루 종일 허리가 휘도록 이삭을 주워도 아주 적은 양의 밀밖에 얻을 수 없어, 여인들이 들이는 노력에 비하면 형편없는 성과였다. 하지만 굶주리고 있는 다른 농민에 비하면 이들은 소위 '땡 잡은' 거나 마찬가지인 상황. 그럼에도 여전히 배고픈 현실. 완득이가 본 대로 주먹을 꽉 쥔 심정에 필사적으로 자기 몫의 이삭을 챙겼을 것이다. 하지만 밀레의 그림에선 이들의 비참한 처지를 거의 느낄 수 없다. 오히려 이삭을 줍는 그들의 동작 하나하나가 숭고해 보이기까지 한다. 밀레는 농촌의 풍경을 주로 그렸지만 현장에서 전부 그림을 그리지는 않았다고 한다. 대부분의 작품은 수많은 밑그림을 기반으로 인물의 배치와 동작을 정교히 재구성한 것이며, 그 결과 조각 같이 웅장하고 육중한 느낌을 감상자가 받는 것이다.

보수적인 비평가들은 〈이삭줍기〉를 '누더기를 걸친 허수아비들'이라 혹평하고, 심지어 밀레를 사회주의자라고 비난했다. 하지만 밀레는 '나는 평생 들밖에 보지 못해서 그걸 그렸을 뿐'이라는 입장으로 일관했다. 그는 전통을 중시한 보수적인 성격이었으나 평생 정치적인 색깔을 드러내지 않았다. 그의 말대로 그리기만 했을 뿐. 그런 담백함이 바로 작품의 웅장함을 낳았다.

수수께끼를 품은 매혹적인 진주

베르메르 | 진주 귀고리를 한 소녀

네덜란드의 화가 베르메르를 잘 모른다 해도 〈진주 귀고리를 한 소녀〉를 그린 화가라고 하면 알 정도로, 소녀의 초상화는 화가의 대표작으로 자리매김했다. '북구의 모나리자'라 불릴 만큼 한 눈에 시선을 사로잡는 이 매혹적인 작품에 한 역사소설가는 상상력을 더해 하나의 문학으로 재탄생시켰고, 이 움직임은 영화로도 이어졌다. 영화가 개봉한 건 2004년의 일이며, 소설이 발간된 해는 1994년이다. 다른 화가들과 비교해 보면 꽤 늦은 재조명인 셈이다.

베르메르, 〈진주 귀고리를 한 소녀〉, 1666년경

베르메르, 〈진주 목걸이를 한 여인〉, 1660~1665년경

요하네스 베르메르는 렘브란트와 더불어 네덜란드를 대표하는 화가로 꼽힌다. 평생을 그림 소재를 찾기 위한 여행을 일삼으며 유랑하던 화가들과 달리, 베르메르는 평생을 작은 도시 델프트에서 머무르며 그 하나의 세계를 담아내는 데 주력했다. 다른 화가들에 비하면 주제도 한정적이고 작품 수도 적다. 그림들은 완성된 직후에 바로 후원자나 미술 애호가들에게 판매되었기 때문에 당시 네덜란드 사람들은 그의 그림을 볼 기회조차 거의 없었다. 하지만 베르메르의 그림만이 가진 햇빛과 어우러진 고요한 실내 정경은 지극히 일상적임에도 신비롭고, 경이롭기까지 하다.

그의 작품 속에 흐르는 고요한 일상의 순간을 나타내는 대표작들로는 〈우유를 따르는 여인〉이나 〈진주 목걸이를 한 여인〉 등이 있다. 〈우유를 따르는 여인〉은 그릇에 우유를 담는 지극히 일상적인 모습을 그려 자칫 지루해 보일 수 있다. 하지만 지루하기는커녕 오히려 우유를 따르는 단순한 여인의 동작 하나하나가 엄숙하고 숭고해 보인다. 이는 그림 속 왼쪽에 위치한 창문에서 들어오는 빛의 역할이 크다. 화면을 반으로 나누는 빛은 어둠과 대비되어 긴장감과 엄숙함을 끌어들였으며, 장식 없는 벽과 간소한 빵들이 소박함과 익숙함을 불러일으켜 전체적인 분위기를 누그러뜨린다. 그렇게 상반되는 두 느낌이 하나의 그림에서 어우러지는 것이다.

〈진주 목걸이를 한 여인〉은 노란 비단옷을 한껏 차려 입고, 마지막으로 목걸이를 보며 앞으로 일어날 일들에 대해 설렘이 가득한 얼굴을 하고 있다. 창문에서 들어오는 따뜻한 빛은 더욱 그녀를 화사하게 만든다. 사진 속에 그때의 순간을 간직하듯이, 그림 속 여인의 설렘도 그림 안에서 영원히 빛날 것이다.

〈진주 귀고리를 한 소녀〉는 이렇게 따뜻한, 노란 빛이 도는 델프트를 배경으로 한 베르메르의 그림 중 가장 독특하다. 아무것도 보이지 않는 깜깜한 배경에, 신원을 알 수 없는 의문의 여인이 뒤를 돌아보고 있다. 바로 눈에 들어오는 무언가를 말할 듯 말 듯 살짝 벌린 붉은 입술, 젖어 빛나는 눈망울, 실제 크기는 작은 데 비해 그 흡인력은 베르메르의 작품 중 가장 뛰어나다. 절로 작가의 상상력을 불러일으킬 만하다. 화가의 딸일까? 아니면 소설처럼 몰래 예술적 교감을 나누던 하녀일까? 그것도 아니면 의뢰인의 정부? 지금까지도 소녀의 정체는 베일에 싸여 있다. 그렇게 사람들은 저마다의 상상력으로 소녀를 들여다보고, 각자의 이야기를 그 안에서 찾을 것이다.

만약 네덜란드에 가게 된다면, 가장 먼저 〈진주 귀고리를 한 소녀〉가 기다리고 있는 마우리츠하이스 미술관으로 갈 것이다. 그리고 직접 그 동그란 눈을 보면서 무엇을 그렇게 보고 있냐며 친근하게 말을 붙이고 싶다. 그림 속 진주 두 알처럼 반짝거리며 빛나는 설렘과 아련함을 품고서.

베르메르, 〈우유를 따르는 여인〉, 1658~1660년경

거울로 보이는 게 전부는 아니다

벨라스케스 | 시녀들

벨라스케스, <시녀들>

예전에 본 우리나라 공포영화 중 가장 섬뜩했던 건 「거울 속으로」라는 영화였다. 혼자 엘리베이터를 탔는데 갑자기 고장이 나서 멈추고, 어둠 속에서 거울 속 또 다른 내가 고개를 돌려 나를 마주보더니 거울 밖의 진짜 나까지 조종하는 장면 때문에 한동안 혼자 엘리베이터를 타면 거울을 못 보고 애꿎은 층 표시만 뚫어지게 봤다.

그런 섬뜩한 옛 추억에 비하면 거울을 적극 활용한 벨라스케스의 〈시녀들〉은 한눈에 보기에 매우 사랑스러운 그림이다. 한가운데의 귀엽고 어린 마르가리타 공주가 한눈에 시선을 사로잡기 때문일 것이다. 하지만 자세히 들여다보면 그림 속 등장인물들은 다양한 세계에서 하나의 그림 안에 나타난다. 그림 속의 주인공인 마르가리타 공주, 그녀를 돌보는 두 시녀들, 옆의 두 난쟁이들, 뒤의 왕비의 시녀장과 수행원은 그림 안에서 온전히 존재하고 있지만 그림 밖의 세상, 혹은 붓을 한창 작업 중인 초상화의 모델이 되고 있는 국왕 부부를 쳐다보고 있는 것만 같은 화가 벨라스케스 자신과 열린 문틈 사이로 보이는 왕비의 시종, 그리고 그림 속 거울, 혹은 그림 밖의 현실에서 관찰자가 되는 동시에 그림 속 화가의 모델이 되고 있는 마리아나 왕비와 국왕 펠리페 4세가 있다.

벨라스케스, 〈거울을 보는 비너스〉

이 작품은 냉정하고 객관적인 태도와 면밀한 관찰이 결합된 사실주의 벨라스케스 초상화의 전형을 잘 보여주는 작품이다. 그는 서로 다른 신분에 속한 사람들의 다양한 조건, 직업 및 외모를 정확하게 옮기면서도 이들이 자신이 만든 세계 안에서 서로 조화를 이루도록 하였다. 게다가 그림 속 모든 이들의 시선은 관찰자인 '나'를 향하고 있어 마치 그림을 보고 있으면 궁중의 일원이 된 듯 착각까지 불러일으킨다. 한편, 거울과 열린 문을 통해 공간을 확장시키는 방식은 벨라스케스가 다른 장르의 그림들에서도 자주 사용하는 방식이다. 〈거울을 보는 비너스〉에서는 농염한 뒷모습 누드와 함께 여인의 흐릿하고 고혹적인 시선을 에로스가 들고 있는 거울을 통해 나타냈고, 〈아라크네의 우화〉에서는 전경에서 노파로 분한 아테나와 아라크네의 베 짜기 대결을 보여주는 동시에 후경에서는 아라크네가 제우스를 모욕하는 내용의 태피스트리를 짜자 이를 벌하는 아테나의 모습을 그려냈다. 시간차를 두고 생겨난 두 가지의 사건을 자연스럽게 하나의 그림 안에 녹여내 실로 경외감까지 들게 하는 작품이다.

벨라스케스, 〈아라크네의 우화〉

벨라스케스, 〈분홍 가운을 입고 있는 어린 마르가리타 테레사〉, 1654~1659년

다시 〈시녀들〉의 이야기로 돌아가 보자. 현실과 상상, 거울과 그림 속 세계, 그림 밖의 세계가 묘하게 결합된 걸작으로 평가받는 〈시녀들〉 속 모델인 마르가리타 공주와 스페인 궁정화가로 평생을 바친 벨라스케스의 인연은 그녀가 태어났을 때부터 시작되었다. 펠리페 4세가 아이를 모두 잃고 둘째 왕비 사이에서 얻은 첫 딸인 마르가리타 공주는 왕실의 사랑을 듬뿍 받으

며 자랐다. 그녀는 두 살 때 삼촌이자 합스부르크 왕족인 레오폴드 1세와 혼인하기로 약속이 되어, 오스트리아 왕실에서는 어릴 적부터 그녀의 초상화를 보내 달라 요청하였다. 공주의 초상화들은 그녀가 외형적으로 어떻게 성장하고 변화하는지를 관찰할 수 있는 가장 효율적인 수단이었기 때문이다. 벨라스케스는 〈분홍 가운을 입고 있는 어린 마르가리타 테레사〉, 〈푸른 드레스를 입은 마르가리타 공주〉 등을 그려 1654년부터 1659년까지 총 3점을 비엔나로 보냈다.

벨라스케스, 〈푸른 드레스를 입은 마르가리타 공주〉, 1654~1659년

왕가의 사랑을 듬뿍 받으며 행복한 어린 시절을 보냈지만, 실은 마르가리타 공주의 삶은 그렇게 행복하지 않았다. 대를 거듭해 이어진 근친혼으로 주걱턱이 점점 심해져 음식을 제대로 씹을 수조차 없게 되었고, 14세에 신성 로마 제국의 황후가 되어 넷째 아이를 낳다가 22세의 젊은 나이에 사망했다. 어릴 때는 순수한 동경으로 바라보았던 마르가리타 공주의 초상이, 공주의 마지막을 생각하니 조금은 서글프게 다가온다.

그래서인지 애정 어린 터치가 가득한, 현실과 그림, 그림 속 거울을 넘나드는 벨라스케스의 초상화가 여러 사람의 뇌리에 박혀 지금까지 사람들에게 영감을 주는 것일까? 라벨은 벨라스케스의 이 그림을 보고 영감을 얻어 궁정무곡 〈죽은 왕녀를 위한 파반느〉를 만들었다고 한다. 천재 화가 피카소는 말년에 〈시녀들〉을 패러디한 연작만 수십 개를 그려 자신만의 〈시녀들〉로 재해석을 시도했으며, 또 초상화 속 개가 실은 공주의 인간개 노릇을 하던 난쟁이였을 거라는 상상을 바탕으로 한 라헐 판 코에이의 소설 『바르톨로메는 개가 아니다』와 아름다운 공주 대신 난쟁이 추녀에 주목한 박민규의 소설 『죽은 왕녀를 위한 파반느』까지. 〈시녀들〉은 예술가들에게 영원히 마르지 않는 영감의 샘 역할을 톡톡히 하고 있는 셈이다.

라벨, 〈죽은 왕녀를 위한 파반느〉, 궁중무곡

피카소, 〈시녀들〉

라헐 판 코에이, 『바르톨로메는 개가 아니다』, 소설

박민규, 『죽은 왕녀를 위한 파반느』, 소설

시대를 거슬러 영원히 남은 사랑
-명화 속 수놓아진 사랑의 고백-

보티첼리 | 비너스의 탄생

보티첼리, 〈비너스의 탄생〉

보티첼리 그림 속 목이 가늘고 여린 비너스의 우수에 찬 눈동자를 마주친다면, 남녀노소를 불문하고 묘한 기분에 사로잡힐 만큼 신비스러움이 흐른다. 르네상스 시기에 활동한 보티첼리의 그림은 선이 부드럽고 가늘어 보는 사람의 마음까지 부드럽게 풀어주는 느낌이 든다.

그것을 직접 느껴보려 피렌체의 우피치 미술관을 찾은 적이 있는데, 미리 예매를 하고 가야 한다는 걸 몰라 2시간 넘게 더위와 싸우며 기다리기까지 해 짜증이 올라왔었다. 하지만 보티첼리의 〈비너스의 탄생〉이 따뜻하고 성스럽게까지 느껴지는 비너스를 보는 순간 짜증도 사르르 녹아버렸다. 이에 이어 〈봄〉까지 볼 때는 고딕 양식에 따른 기법인데도 여신들의 자태를 화려하게 묘사한 것에 눈이 갔고, 〈수태고지〉에서는 그의 부드러운 터치가 빛을 발해 성모화를 많이 남겼고, 그에 가장 잘 어울리던 화가 중 한 명이 아닐까 하는 생각마저 들었다.

우피치 미술관의 '우피치'는 집무실이란 뜻이며, 실제 메디치 가문이 집무실로 쓰던 곳이다. 오늘의 '메세나'로 잘 알려져 있는 한 이탈리아의 메디치 가문은 수많은 예술가들을 후원하였다. 그 중 가장 위대한 성과를 낳은 화가로 보티첼리를 들 수 있을 것이다. 보티첼리는 '위대한' 로렌조 드 메디치에게 고용되어 수많은 초상화를 그렸는데, 시스티나 성당의 벽화나 성모

보티첼리, 〈수태고지〉

마리아와 아기 예수를 그린 성모자화, 〈비너스의 탄생〉, 〈봄〉, 〈수태고지〉 등이 유명하다.

그 대표작의 모델 중 대부분이 전부 한 사람이라면 믿겨지겠는가? 그녀의 이름은 시모네타 베스푸치, 당시 피렌체 최고의 미인이었다. 보티첼리는 그녀를 바라보며 평생을 독신으로 살았는데, 그녀를 모델로 한 작품들이 그녀가 죽은 다음에 그려졌다는 것이 흥미롭다.

그녀는 15세가 되어 피렌체의 베스푸치 가문에 시집을 왔는데, 그녀의 아름다움에 온 피렌체의 남자들이 반해 그녀를 칭송하기 바빴다. 피렌체 공국의 지배자였던 로렌조는 물론 보티첼리도 '아름다운 시모네타(la bella Simonetta)'로 불린 그녀를 사랑했다. 보티첼리를 위해서라면 기꺼이 비너스가 되어 주겠다며 시모네타는 화가에게 각별한 감정을 표시하기도 했으나, 22세의 나이에 결핵으로 일찍 세상을 떠났다. 전체 도시가 슬픔에 잠겼고 수천 명의 사람들이 그녀의 장례식에 참석했다고 한다.

그 후 보티첼리는 그녀를 평생 그리워하며 모든 작품에 그녀를 그려 넣기 시작했다. 〈비너스의 탄생〉에서는 신비롭고 정숙한 비너스로, 〈미네르바와 켄타우로스〉에서는 정의의 여신으로, 〈수태고지〉에서는 천사의 계시를 받는 순결한 성모 마리아로, 〈봄〉에서는 숲 속 신들의 행렬에서 단연 돋보이는 미의 여신으로 그려냈음은 물론 그녀의 옆모습을 초상화로 여러 점 남겼다.

보티첼리, 〈미네르바〉

〈비너스의 탄생〉은 보티첼리의 최대 걸작으로 평가받는 작품으로, 보티첼리 특유의 부드러운 곡선과 섬세함, 그리고 우아하고 기품 있는 여성상을 잘 보여주는 작품이다. 그림 왼쪽에는 꽃의 님프 클로리스를 안은 바람의 신 제피로스가 바다에서 비너스를 해안으로 인도하고, 오른쪽에는 바다의 거품에서 막 태어나 알몸인 비너스에게 계절의 여신 호라이가 겉옷을 바치고 있다. 목이 가늘고 긴 10등신의 몸에 시모네타의 아름다운 얼굴로 비너스를 묘사했다.

〈봄〉은 꽃이 만발하고 저녁노을이 깃든 숲에 사랑의 신 에로스를 거느린 미의 여신 비너스를 가운데에 놓고, 왼쪽에는 막대를 높이 든 헤르메스를 선두로 엷은 옷을 걸친 미의 여신들, 그리고 오른쪽엔 온몸을 꽃으로 장식한 봄의 여신과 그 뒤로 꽃의 여신이 바람의 신 제피로스에 떠밀리며 나타나는 것으로 그림이 구성되어 있다. 이 그림은 로렌조 드 메디치의 동생이자 훤칠한 미남이었던 줄리아노와 그의 연인이었던 시모네타의 사랑을 축복하며 시인 안젤로 풀리치아노가 지은 '라 지오스트라'라는 시를 보티첼리가 그림으로 나타낸 것으로 알려져 있다. 특이한 점은 주인공인 비너스의 표정이 봄에 어울리지 않게 약간은 침울하기까지 하다는 것이다. 이는 4월에 세상을 떠난 시모네타에 대한 화가의 그리움과 애도를 그림으로나마 짙게 표현한 것만 같다.

시모네타를 먼저 떠나보내고 수십 년의 시간이 흘러도, 그 사랑이 옅어지기는커녕 예술혼을 타고 더욱 작품을 통해 짙어졌다. 보티첼리는 자신의 유언대로 사랑했던 시모네타의 발끝이 향하는 곳에 묻혔을까? 직접 마주한 보티첼리의 여러 그림 속에서 그 한결같은 아름다운 얼굴은 빛나고 있었다. 비록 화가 자신에겐 슬픈 짝사랑이었지만 그 사랑이 명작으로 승화되어 그녀는 후대에도 불멸의 비너스로 남을 수 있을 것이다.

보티첼리, 〈프리마베라〉

'아름다움'을 생각함은 진정한 사랑의 시작

보티첼리 | 비너스의 탄생

우리들은 평소에 아름다움을 얼마나 느낄까? 단순히 '아~ 예쁘구나'가 아닌 눈시울이 붉어질 것 같이 아련한 아름다움, 약간의 소름이 돋는 여운이 긴 아름다움을 느끼기란 쉽지 않다. 요즘은 눈을 자극하는 화려함과 현란함에 여간해서는 아름다움을 쉽게 느끼지 못하게 되는 것 같다. 하지만 사람들에게 아름다움을 느끼게 해야 함은 모든 분야의 숙제이기도 하다.

그 예전, 쾌락과 욕망을 억눌러야 했던 교회 중심 시대에도 아름다움을 흠뻑 느껴야 함을 강조하는 그림이 있었다. 그것이 바로 〈비너스의 탄생〉이다. 르네상스 시대의 '보티첼리'는 천상의 비너스인 여신상을 그린다. 이 그림은 메디치 가문의 로렌초 디 피에르 프란체스코가 자신의 결혼기념으로 주문한 그림이다. 이 그림은 단순한 그리스 신화에 의존한 육감적이며 감각적인 나체화가 아니라 메디치가의 철학자들이 이야기한 인간 영혼을 신 플라톤적 해석으로 풀이한 작품이다. 그렇기에 화가 보티첼리는 풍속문란 죄 같은 검열에 시달리지 않았다고 한다.

이 〈비너스의 탄생〉은 15세기 최초로 신화를 소재로 한 파격적인 누드화이다. 그리스 신화의 크로노스가 아버지의 우로노스의 성기를 거세한 것을 바다에 던져 발생한 거품에서 생겨난 것이 바로 비너스의 탄생인 것이다.

이 작품에서 등장하는 바람의 신 제피로스와 그의 아내 클로리스 여신은 비너스의 육체를 향해 꽃송이를 바람결에 실어 보내며, 다정하고 시적인 모습으로 보여준다. 고대 과실나무의 요정인 포모나 또한 봄의 시간이 수놓은 비단 망토를 들고 마중 나온다. 이들 그리스 신화에 등장하는 신들은 사랑에 빠져있으며, 인간에 가까운 모습을 하고 있다. 이들은 육체적 쾌락에서 아름다움을 찾고 있으며, 특히 제피로스와 클로리스는 아무런 죄의식 없는 당당한 포옹의 자세로 비너스의 육체를 찬미하고 있다. 사랑하는 두 신이 비너스가 타고 있는 조개껍질을 해변으로 불어 보내는 장면은 중세의 죄의식과 어두운 도덕의 그늘에서 완전히 벗어난 자유로운 인간상, 특히 그리스와 로마 시대의 세속적인 사랑의 정의를 되찾은 연인들의 모습을 상징적으로 보여주는 것으로 진정한 르네상스 정신을 보여주고 있다.

르네상스의 시작과 전성기를 이끌어온 대표적 가문인 메디치가의 인본주의 철학자 피치노는 인간이 태어나 물질세계에 오기 전 인간의 영혼은 하나의 완벽한 존재라고 이야기 한다. 그 잃어버린 원상을 회복하는 것은 피조물의 아름다움을 사랑함으로써 다시 완전한 존재로 나아감이 가능하다고 말한다. 아름다움을 감상, 명상함으로써 영혼은 물질의 사람에서 생각하는 사람으로 바뀌며, 마침내 정신 자체를 사랑하게 된다고. 이로써 미의 여신인 비너스는 세속적인 것을 뛰어넘는 천상의 비너스로 재탄생하는 것이다.

보티첼리는 천상의 비너스인 아름다운 여신상을 그렸다. 이상할 만큼 몸무게를 의식할 수 없는, 신기루 같이 성이 없는 가벼운 여신상을 보여준다. 그녀는 지적이고 영적인 아름다움의 구현이다. 또한 그녀는 인간 영혼의 상징이다. 〈비너스의 탄생〉

은 흉한 물질의 껍데기를 쓰고 볼품없는 인간으로 태어나기 이전의 원초적 순결화 진실한 영혼의 알레고리이다. 진리가 숨김없이 드러나 있는 것과 같이, 그림에서 전혀 옷을 걸치지 않은 비너스가 바다의 거품에서 태어나 조개껍질에 실려, 격정의 바람잡이 부부 신들의 바람에 불려 성스러운 섬 키프로스에 도착하고 아무것도 걸치지 않은 비너스를 순결, 순수를 상징하는 포모나가 마중 나옴은 인간의 순수함과 영혼을 신과 같은 동격으로의 상승을 표상한다.

긴 목의 새침한 비너스는 고개를 숙이고 수줍게 오른손으로 그녀의 한 쪽 가슴을 가리고 무릎까지 닿는 긴 금발을 걷어 그녀의 아랫부분을 가렸다. 이러한 제스처는 메디치가의 비너스 조각에서 모방했다고 한다. 아랫부분을 가리려는 동작 때문에 왼쪽 어깨는 밑으로 처지고 왼팔은 어색하게 길다. 비너스는 옷을 입은 숫처녀 포모나의 몸과는 대조적으로, 긴 체구에 이슬만 먹고 자란 처녀같이 몸이 가늘고 늘씬한 비율을 자랑한다. 보티첼리는 순결한 이상미 속에 감성적인 육체미를 살짝 숨김으로 그녀의 양편에 있는 부부 신의 격정과 봄의 계절을 알리는 포모나의 순결을 동시에 상징함을 보여준다.

비너스의 포즈에서 가슴을 누르는 손과 이로 인해 쳐진 어깨선, 짓눌린 왼쪽 가슴과 반대쪽으로 갸우뚱 내린 고개는 폐결핵을 앓는 사람들의 특징이라고도 해석한다. 이는 폐결핵으로 죽은 시모네타를 모델로 그렸기에 이렇게 폐결핵 환자의 특징이 표현되었다고 한다. 시모네타는 15세기 미인을 대표하는 미모의 여인으로 남편이 있었음에도 메디치 가문의 줄리아노 디 메디치의 정부였다고 한다. 그녀의 창백한 얼굴과 포즈의 완벽한 아름다움이 폐결핵이라는 아픔에서 기인한 것, 이것은 아름다움이 고통과 뗄 수 없음을 상징하는 것 같다.

우리는 예나 지금이나 아름다움을 추구한다. 그 아름다움은 고통을 잊게 해주며, 인간에 대한 진정한 사랑으로 승화됨에 그 최고점을 이루는 것이다. 아름다움을 보다 쉽게 느끼며, 아름다움을 자주 표현하는 사람은 진정한 사랑을 할 준비가 되어 있으며, 그것은 사랑의 시작임을 알리는 징표이다. 그럼에 인간 육체의 아름다움을 신의 지고한 성스러움과 동격으로 묘사한 보티첼리는 진정한 사랑을 꿈꾸는 순수한 청년이었을 것이다. 이것은 그가 평생 결혼을 기피했으며, 총각으로 생을 마감함으로 진정한 사랑을 갈망했던 그였음을 유추할 수 있다.

그는 비너스의 모델 시모네타의 육체적 아름다움을 순수하고 고결한 아름다움으로 승화함으로 진정한 아름다움을 완성한다. 그렇기에 〈비너스의 탄생〉은 육체적 아름다움의 표상이 아닌 정신적 아름다움의 상징으로 평가된다.

보티첼리의 진정한 사랑이란, 아름다운 육체의 쾌락적, 표면

적 집착이 아닌, 그 육체를 아름답게 바라보는 정신적 추구에서 시작됨을 우리에게 가슴 아프게 전하고자 함이었을 것이다. 이는 잃어버린 우리의 영혼을 온전한 존재로 있게 하는 시작이었으니 말이다.

보티첼리, 〈비너스의 탄생〉

소박해도 좋지 아니한가

브뢰헬 | 농가의 결혼식

브뢰헬, 〈농가의 결혼식〉, 1568

주로 '농촌'을 소재로 작품 활동을 한 서양화가로 많은 사람에게 알려진 건 〈만종〉이나 〈이삭줍기〉를 그린 밀레일 것이다. 하지만 브뢰헬이라는 화가에 대해서 모른다 할지라도 그의 대표작인 〈눈 속의 사냥꾼〉은 계절감을 살린 잡지나 쇼핑백 등에서 많이 마주쳤을 것이며, 〈바벨탑〉은 현재까지도 바벨탑을 그리는 모든 그림의 원형이 되고 있다. 거대한 전체 그림 안에서 말 그대로 깨알같이 풍자적인 면을 넣는 것은 보쉬와 비슷하면서도 그가 '농부 브뢰헬'이라고 불리는 것에서 알 수 있듯이 그는 농민의 일상과 농촌 풍경을 즐겨 그렸다. 그의 그림에는 당시 플랑드르 농민들 특유의 에너지와 신랄한 유머, 해학과 기지가 가득하다.

플랑드르란 현재의 벨기에의 한 지방명이지만, 미술사에서 플랑드르 미술이라고 하는 경우는 일반적으로 16세기까지 네덜란드와 벨기에에서 발전한 미술을 가리키며, 17세기 초의 네덜란드 독립 이후엔 벨기에 미술의 대명사로도 쓰이고 있다. 이탈리아 르네상스에 경도되어 플랑드르만의 특색이 사라져가는 풍조 속에서 전통의 자연주의와 사실정신의 맥락을 지켜온 사람은 브뢰헬 뿐이다.

16세기의 대표적인 플랑드르 화가 피테르 브뢰헬은 서민의 풍속을 잘 표현한 대가 가운데 한 사람이다. 그는 얀 반 에이크

브뢰헬, 〈눈 속의 사냥꾼〉, 1565

이래로 세워진 북유럽의 견고한 전통과 현실의 기반 위에서 '풍속화'라는 미술의 새로운 영역을 개척하였다.

그 중 〈농가의 결혼식〉은 어느 시골 마을의 즐겁고 흥겨운 결혼식 장면을 묘사했다. 혼례식은 허름한 곡식 창고에서 열리고 있다. 멀리 보이는 창고의 문을 통해 사람들이 드나들고, 자리를 먼저 차지한 사람들은 음식을 먹기에 여념이 없다. 음식으로는 술과 빵, 수프 한 그릇이 전부인 소박하다 못해 초라하기까지 한 식사지만, 이렇게 보잘것없는 음식에도 백파이프를 든 악사는 시장기가 도는지 연주를 하다 말고 음식 나르는 사람을 물끄러미 쳐다본다. 술병 앞에 천연덕스럽게 앉은 어린아이도 그릇을 맛있게 핥고 있다.

오늘의 주인공인 신부는 안쪽 탁자 한가운데에 다소곳이 앉아 있다. 신부의 뒤쪽으로는 녹색 휘장이 드리워져 있고 머리에는 종이 왕관을 쓰고 있다. 발그레한 두 볼과 마주잡은 손이 잔뜩 긴장한 신부의 마음을 드러낸다. 그런데 신부를 보듬어줄 신

브뢰헬, 〈바벨탑〉, 1563

밀레, 〈만종〉, 1857~1859

랑이 보이지 않는다. 이는 결혼식 저녁까지는 신랑이 신부 앞에 나타날 수 없는 16세기의 플랑드르 전통 때문이다.

브뢰헬은 종종 농부로 변장을 하고 농촌의 떠들썩한 축제에 참여하곤 하였는데, 가까이에서 관찰한 농촌의 이러한 이야기들 속에 농부들을 바라보는 화가의 따뜻한 시선이 느껴진다.

주로 종교화를 많이 그리기도 했지만 그의 회화 전체를 관통

밀레, 〈이삭줍기〉, 1857

하는 주제는 바로 '인간'이다. 하지만 그는 인물 중심의 전통적 회화 장르인 역사화나 초상화, 누드화를 그린 적이 없다. 그의 그림 속 인물들은 모두 옷을 입고, 조각 같은 몸매가 아닌 현실적인 체중으로 묘사되며, 자연과 더불어 일상을 살아가고 있다. 그리스 신들처럼 아름답지 않더라도, 고된 노동에 비해 턱없이 부족한 기쁨을 누린다지만 우리는 오히려 그 진한 '인간 내음' 나는 그림들 속에서 따뜻한 온기를 느끼니, 이 소박함이 좋지 아니한가?

시대를 초월한 감성 '피에타'

—미켈란젤로의 '피에타'와 2000년대 예술로써 재해석된 '피에타'

얼마 전 영화계에 화재가 되었던 김기덕 감독 영화 「피에타」는 베니스국제영화제에서 황금사자상을 받는 영예를 안았다. 영화 「피에타」의 포스터는 극 중 엄마 역으로 나온 조민수가 아들 역으로 나온 죽은 이정진을 흘러내리듯 안고 비통의 슬픔에 젖어 있는 모습이다. 이는 우리가 흔히 알고 있는 미켈란젤로의 피에타상의 모습과 같다.

〈피에타〉(Pieta)는 성모 마리아가 죽은 예수를

미켈란젤로, 〈피에타〉

안고 비탄에 잠겨있는 모습을 묘사한 양식이다. 어머니가 죽은 아들을 무릎 위에 얹어 어깨를 받치고 가슴에 껴안은 모습은 사람이 가장 소중한 것을 안고 있는 모습으로 '자비를 베푸소서.'라는 뜻의 이탈리아어 '피에타Pieta'를 형상화한 것이다. 이러한 〈피에타〉의 모습에는 종교적인 의미를 넘어 자신의 몸으로 존재케 한 또 다른 자아에 대한 상실감을 그린 인간의 본연적 감성으로 이해되는 시대를 초월한 소재이기도하다.

르네상스 조각가 미켈란젤로는 예수의 몸을 성스럽고 아름답게 표현하여 그 진수를 발현시켰다. 예수를 바라보는 성모 마리아의 눈길 속에서 미켈란젤로의 성모마리아는 어머니로써의 슬픔이 진실됨을 이야기하고 이것은 관람객의 가슴에 슬픔을 호소한다. 이렇게 미켈란젤로의 〈피에타〉는 예수를 잃은 상실의 고통을 정교하고 세밀한 표현으로 구현해내었다. 마치 실재 모습으로 착각하리만큼 세밀해서 보는 사람으로 하여금 종교적 경건함과 인간적 감성까지 깨고 있는 것이다.

이러한 〈피에타〉는 르네상스 조각의 정수를 넘어 시대를 초월하여 지금까지도 보편적인 감성이 다각도로 재해석 되고 있다. 피에타의 뜻인 '자비를 베푸소서'는 운명과 맞닿아 있는 인간의 삶에 상실의 슬픔에 대해 이야기 하고 있다. 이러한 상실의 의미는 시대에 따라 사람들에게 조금은 다른 감성이나 의견을 가지고 있는 듯하다.

김기덕 영화의 「피에타」를 보면 자녀를 잃은 상실의 슬픔을 현대의 극적인 자본주의의 형태와 결부시켜 복수와 또 다른 상실을 낳게 된다. 그 상실은 어쩌면 진실이 아닌 마치 허구 속에서 일어나는 것 같다. 극 속에서 엄마인 조민수는 자신의 진짜 아들을 죽인 고아인 이정진에게 자신이 진짜 엄마라고 하며 찾아가게 된다. 자신의 정체성에 대해 폭력적으로만 인식하고 있던 이정진에게 조민수는 갈등이자 동시에 빛과 같은 존재로 다가선다. 결국 조민수가 자신의 진짜 엄마임을 인식하게 되고, 조민수는 자신으로써 최고의 복수인 엄마의 죽음을 아들(이정진)에게 보여줌으로써 복수의 정점을 찍게 된다. 르네상스 시대의 〈피에타〉에서는 죽은 예수(아들)를 안으며 슬퍼하는 성모마리아로 자식을 잃은 상실을 나타냈다면, 영화 「피에타」에서는 자식을 잃은 상실감을 하나의 복수의 형태로 옮겨 놓았다. 감독은 상실의 아픔을 다만 신의 뜻에 따라야 하지만 운명의 비통함에 슬퍼하는 것으로 끝내지 않았다. (이러한 표현은 아마도 이전의 피에타의 모습일 것이다.) 김기덕 감독이 자신의 영화에 관해서 이야기하길 자본주의의 극대화된 잔인성에 대해 담았다고 한다. 이것은 어떻게 해서든 돈을 받아야 하는 사체업자인 이정진이 잔인하게 사람을 죽여가며 그 목적을 달성하는 데에 있다고 볼 수 있다. 이것은 자신을 있게 한 근본적인 뿌리인 어머니의 존재의 부재가 그 일단계이며, 목적이 전도된 사회로부터의 학습이 두 번째가 아닐까 싶다. 이것은 자본주의가 가지고 있는 맹점이며 감독의 신랄한 비판일 것이다. 이러한 시대성에도 불구하고 피에타의 기본적인 인간 감성이 영화에 충분히 녹여들어 관람객에게 같은 슬픔을 주는 것은 조민수가 자신의 진짜 엄마이건 아니건 간에 자신을 있게 한 성스러운 존재로 인식하고 믿게 되는 순간 이정진에게는 말할 수 없는 큰 변화가 찾아왔다는 것이다. 자신의 엄마가 자기의 과오로 인해 죽게되는 상황이 오

김기덕, 〈피에타〉

자 냉혈한 같던 이정진도 그 슬픔을 이기지 못해 자신의 모든 죄를 겸허히 받아들여 스스로 죽음을 택하게 된다. 그것은 자신의 뿌리를 잃은 자의 상실감을 가장 극적으로 잘 표현한 것이다. 과연 관람객은 극 중 이정진에게 온갖 악을 저지르는 패륜아라고 손가락질만 할 수 있을까. 엄마를 잃은 상실감은 그 누구에게나 보편적인 슬픔을 주고 그것이 가진 힘이 굉장히 크다는 것을 다시금 생각하게 된다.

영화 피에타 말고도 예술작품으로 현대의 피에타를 재해석한 작품도 있다. 작가 이용백은 사이보그 인형 피에타로 현대의 새로운 시각으로 접근한다. 이용백의 피에타는 성모 마리아를 상징하는 사이보그와 반사 유리로 덮여진 상자로 이루어져 있다. 성모 마리아는 유리상자 위의 허공에 거꾸로 매달려 있다. 미켈란젤로의 피에타와 같은 포즈를 취하고 있지만 대좌에 앉아있지도 않고, 예수를 안고 있어야 할 손과 가슴은 비어 있다. 조각으로 아름답게 표현되었던 미켈란젤로의 마리아와 달리 이용백의 마리아는 무감각하다. 마리아의 손이 텅 비어있고, 피에타의 가장 중요한 주제인 죽은 예수가 빠져있다. 성모 마리아는 반사유리에 비추었을 때 비로소 똑바른 모습으로 드러나며, 실재 조각에서 빠져 있는 예수의 모습 또한 반사 유리를 통해서 영상으로 드러난다. 반사된 유리 안쪽에서 서서히 떠오르는 예수의 영상은 거울에 비친 마리아의 손 안에서 연기처럼 구현된다. 이렇게 이용백의 작업에서는 실재는 불완전하며 거울 속에서 진짜가 나타난다.

작가는 평면적으로 투사되는 거울 속의 영상과 흔들리는 예수 이미지를 통해 마리아가 안고 있는 것이 환영이라고 강조하고 있다. 미켈란젤로의 피에타에서 예수는 마리아의 삶의 정수였지만 이용백의 피에타에서 예수의 위치를 차지하는 사이보그는 실재하지 않는 허구이며 왔다가 흔적도 없이 사라지는 허무한 환영이다. 그곳에는 진짜도 없고 감동도 없는 것이다. 이용백의 피에타에서 느껴지는 상실은 슬픔은 소중한 것을 잃은 어머니의 슬픔이라기보다는 소중한 것이 무엇인지조차 알 수 없게 되어버린 마리아의 슬픔인 것이다. 작가는 가짜를 부여잡기 위해 허공에 손을 내밀고 있는 마리아는 상실을 해야 할 대상조차 잃어버린 우리 자신의 삶의 모습이라고 말한다. 상실을 하기 위해서는 만질 수 있고 껴안을 수 있는 진짜가 필요한 것이다. 이용백이 말하는 피에타의 슬픔은 상실의 실체가 없는 상태를 말하는 것이다.

이렇게 피에타를 둘러싼 인간의 감성과 시대성은 보편적이며 특수함도 가지고 있다. 그만큼 사람들에게 감흥을 일으킬 수 있는 소재로 다가갈 수 있다는 것이다. 미켈란젤로의 피에타도 김기덕의 피에타도 이용백의 피에타도 기본적인 본체에서 사람들에게 각기 다르게 인식되며 감동을 준다. 시대를 초월한 감성 피에타, 앞으로의 시대에 나올 피에타도 은근히 기대해본다.

고전의 모방과 답습을 넘어 새롭게 태어나다

안니발레 카라치 | 그리스도를 애도하는 성모

카라치, 〈푸줏간〉, 1580~1590

모방은 창조의 어머니란 말이 있다. 모방은 모방 그 자체에 머무르면 어떤 창작으로서의 의미를 갖지 못하지만, 이를 넘어 자신만의 화풍을 만들어낸다면 이는 새로운 창작으로 봐도 무방하다. 여기, 17세기를 살아가며 16세기를 담은 화가가 있다. 라파엘로와 티치아노를 동경해 고전미를 철저히 지킨 이탈리아 미술가 가문의 총아, 바로 안니발레 카라치다.

안니발레 카라치는 카라치 가(家)에서 가장 창의력이 풍부하고 뛰어난 재능을 가진 화가였다. 이탈리아 바로크 회화의 개척자 중 한 사람으로 깊은 공간감과 극적인 광선을 사용한 표현력이 탁월했다. 그는 어릴 때부터 사촌 루도비코의 공방에서 형인 아고스티노와 함께 미술 교육을 받았는데, 그들은 초기 르네상스 시대의 엄격한 이상으로 돌아가기 위한 방법으로 정제된 자연주의 양식을 추구했다.

카라치의 초기 작품들은 르네상스 양식의 완성된 표현을 거부하는 반고전주의적인 마니에리스모 양식의 인위적 기교에 비하면 놀랍도록 근대적이었다. 초기작인 〈푸줏간〉을 보면, 느슨한 붓놀림으로 일꾼들이 동물의 시체를 매다는 장면을 솔직하고 사실적으로 표현했다. 이처럼 진실과 사실에 전념했기에 종교화에서도 매우 솔직하고 명확한 양식을 개발할 수 있었다. 그는 17세기 바로크 회화의 기초가 되는 감정적 울림을 작품으로

카라치, 〈신들의 사랑〉, 1597~1601

전달해, 카라바조와 더불어 초기 바로크 2대 거장으로 불리기도 한다. 이후 카라치가 중심이 되어 가문 차원에서 회화 아카데미를 만들었는데, 이탈리아를 넘어 유명해진 이 아카데미는 향후 출현할 우수한 유럽 아카데미들의 원형이 되었다.

추기경 오도아르드는 카라치에게 파르네제 궁전의 장식 작

업을 의뢰했는데, 궁전의 천장과 벽에 실물과 같은, 철저한 사실적 묘사로 고전 누드화를 그리는 일이었다. 카라치는 약 10년간 이 작업을 수행했고, 완성된 프레스코화 〈신들의 사랑〉 같은 대작은 역사화의 고상하고 화려한 양식을 따르는 화가들에게 좋은 표본이 되었다.

카라치의 상상력은 그의 섬세한 드로잉에서 가장 잘 나타난다. 그가 본격적인 작업에 앞서 그렸던 수백 점의 드로잉들은 각각 인체에 대한 확실한 이해와 표현주의적인 힘을 지닌 선, 그리고 뛰어난 도안 능력을 보여준다.

후기작인 〈그리스도를 애도하는 성모〉는 다양한 장르를 무리 없이 소화해 낸 카라치의 내공을 잘 표현하고 있는 그림이다. 이 그림은 역사상 최대 규모의 미술박람회였던 1857년 맨체스터 박람회에서 영국인들을 열광케 한 그림으로, 그리스도가 십자가에서 끌어내려진 후의 모습을 그리고 있다. 성모 마리아와 세 마리아가 그리스도의 죽음을 애도하는 장면이다. 세 마리아란 일곱 귀신이 들렸다가 그리스도의 고침을 받고 끝까지 따랐던 여인 막달라 마리아, 야고보와 요한의 엄마였던 마리아 살로메, 그리고 글로바의 아내 마리아를 가리킨다. 그리스도의 최후를 함께한 여인들로 알려져 있다. 하얗게 쓰러져 있는 그리스도의 근육들은 마치 미켈란젤로의 그것처럼 우아하다. 그리스도의 시신을 안고 있는 여인이 성모 마리아인 듯한데, 차가운 청색 옷을 입은 그녀는 거의 실신 상태의 모습으로 마치 사진처럼 생생하다. 붉은 옷을 입고 두 손을 든 채 오열하는 여인이 막달라 마리아로 추정되며, 그녀의 표정은 라파엘로가 그린 것처럼 깊이 있다. 어둡게 처리된 배경의 왼쪽 위로 드러나는 나무들과 하늘은 마치 그리스도의 죽음을 슬퍼하듯이 음산하다.

비록 카라치가 과거의 거장들이 지닌 장점만을 모방하려 했다는 비판을 받고 있으나, 라파엘로 등이 보여주었던 고전미를 당대에 재현하고자 한 것은 르네상스의 아름다움을 그리워한 데서 나온 재창조에 가깝다. 이는 모방과는 차원이 다른 것으로, 그림의 조화로운 구도와 장엄한 구성, 그리고 우아한 색감은 시대를 뛰어넘은 어떤 절대적인 고전미를 다시 한 번 상기시켜준다.

카라치, <그리스도를 애도하는 성모>, 1604

길어도 괜찮아

앵그르 | 오달리스크

앵그르의 그림을 단 한 마디로 정의하자면, '예쁘다'. 그가 살았던 1800년대하곤 약간 동떨어진, 오히려 옛 느낌이 강하지만 한눈에 보기에도 만지면 부드러운 살결이 만져질 듯 그의 그림 속 여인들은 하나같이 곱다.

그는 87년의 긴 인생 동안 7번의 체제 변화, 3번의 혁명을 경험했다. 과거를 지향하는 세력에 의한 반동의 시도가 있긴 했지만, 그가 살았던 19세기 프

앵그르, 〈오달리스크〉

랑스 사회 변화의 대세를 만든 것은 혁신과 진보의 이상이었다. 그는 이런 시대의 흐름에 거슬러 복고적 고전주의를 비타협적으로 옹호했으며 질서와 안정, 부르주아적 안락을 추구했다. 그가 살고 있는 시대가 미덕과 아름다움을 모르며 저속하고 퇴폐적이라고 경멸한 그는, 고전 고대와 르네상스 미술이 보여주는 아름다움을 이상으로 삼고, 그것의 위대함에 대한 흔들리지 않는 믿음을 공언한 것이다. 그래서 그의 그림은 당시엔 맞지 않는 지극히 복고적인 그림이었고, 그 정점에 있는 그림이 바로 〈오달리스크〉라 할 수 있겠다.

오달리스크란 터키 궁전 밀실에서 왕의 관능적 욕구를 충족시키기 위해 대기하는 궁녀들을 지칭하는 대명사이다. 앵그르는 오달리스크를 주제로 몇 개의 그림을 그렸는데, 그중 1814년에 그린 이 작품에서는 옛날 그리스 조각의 미적 요소들을 분석해 화면에 도입하였다. 앵그르 미학의 실체가 잘 나타난 작품으로 앵그르가 이탈리아에 있을 때 나폴리왕국 카롤리네 여왕의 주문으로 제작되었다. 그림에서 오달리스크는 등을 돌리고 길게 누워 있는데, 아름다운 얼굴이 화면에 생기를 불어넣고 주변의 세부적인 묘사와 분위기 표현도 뛰어나다. 각 신체부위의 연결이 서로 일치하지 않고 해부학적으로 맞지 않는데다 허리가 너무 긴 것은 일반 관람객들도 대번에 알 수 있는 오류다. 하지만 이는 앵그르가 의도적으로 왜곡한 것으로, 당시 추구하던 정확하고 현실적인 비례보다는 전체적인 선의 흐름을 중시했기 때문인 것으로 보인다.

로마를 떠나 그가 동경하던 르네상스의 요람인 피렌체로 이

앵그르, 〈뒤보세 부인〉, 1807

주한 후 복고 왕정으로부터 종교화를 주문받은 앵그르는 〈루이 13세의 서원〉을 그려냈는데, 상하 2단 구성이나 성모의 자세와 시선, 커튼을 여는 천사, 명패를 든 아기 등 그림의 구성이나 인체 왜곡이 적고 채도가 높으며 풍요로운 색채를 쓴 것도 라파엘로의 〈아름다운 정원사 성모 마리아〉 등 그의 성모화들을 연상시킨다. 로마에 있던 18년 동안 그는 고전주의의 대가인 라파엘로의 그림에 매료되었다고 한다.

고전을 동경하며 고전화가로서 자부심과 소명의식을 갖고 있던 앵그르는 초상화를 시간 낭비로 생각했지만, 오늘날 그의 역사화보다 더 높은 평가를 받고 있는 것은 그의 초상화다. 앵그르가 평생 출품한 7번의 살롱 중 성공했다고 할 수 있는 것은 단 두 번인데, 그것이 1824년과 1833년 살롱전이다. 1833년의 살롱에 그는 두 점의 초상화를 출품했는데 그 중 하나인 〈뒤보세 부인〉은, 앵그르의 귀부인 초상화가 거의 그러하듯 옷감과 장신구의 만져질 듯이 생생한 질감 표현과 인체의 해부학적 왜곡이 특징이다. 의자 등받이의 곡선을 잇기 위해 그녀의 왼쪽 어깨는 올라가 있고 그에 따라 왼팔은 이상하게 짧은 오른팔에 비해 길어져 있다. 모델의 당돌한 눈빛과 수수께끼 같은 미소에 매혹 당한 관

앵그르, 〈루이 13세의 서원〉, 1824년

람자들에게 왜곡된 인체는 더 이상 문제가 되지 않았다. 오히려 '사물을 모사하는 것이 아니라, 어디에도 존재하지 않는 추상적인 아름다움을 고유의 방법으로 실현'한 업적을 칭송하는 평가까지 등장했다.

그가 구시대 인물임을 자처했음에도 당대의 전위적 화가인 드가, 후기의 르누아르, 쇠라, 고갱, 마티스, 피카소 등의 작업에서 앵그르에게서 받은 영감의 흔적이 발견된다. 그의 작품은 19세기부터 이미 조롱과 패러디의 대상이 되었지만, 그렇게 부정적인 방법을 포함한 다양한 양상으로 그의 초상화와 누드는 오늘날까지도 문제작으로서의 생명력을 잃지 않고 있는데다 한눈에 사람을 사로잡는 빚은 것 같은 아름다움으로 여전히 사랑받고 있으니, 화가로서의 행복은 이루어진 게 아닐까?

선의 아름다움에 사로잡히다

앵그르 | 발팽송의 목욕하는 여인

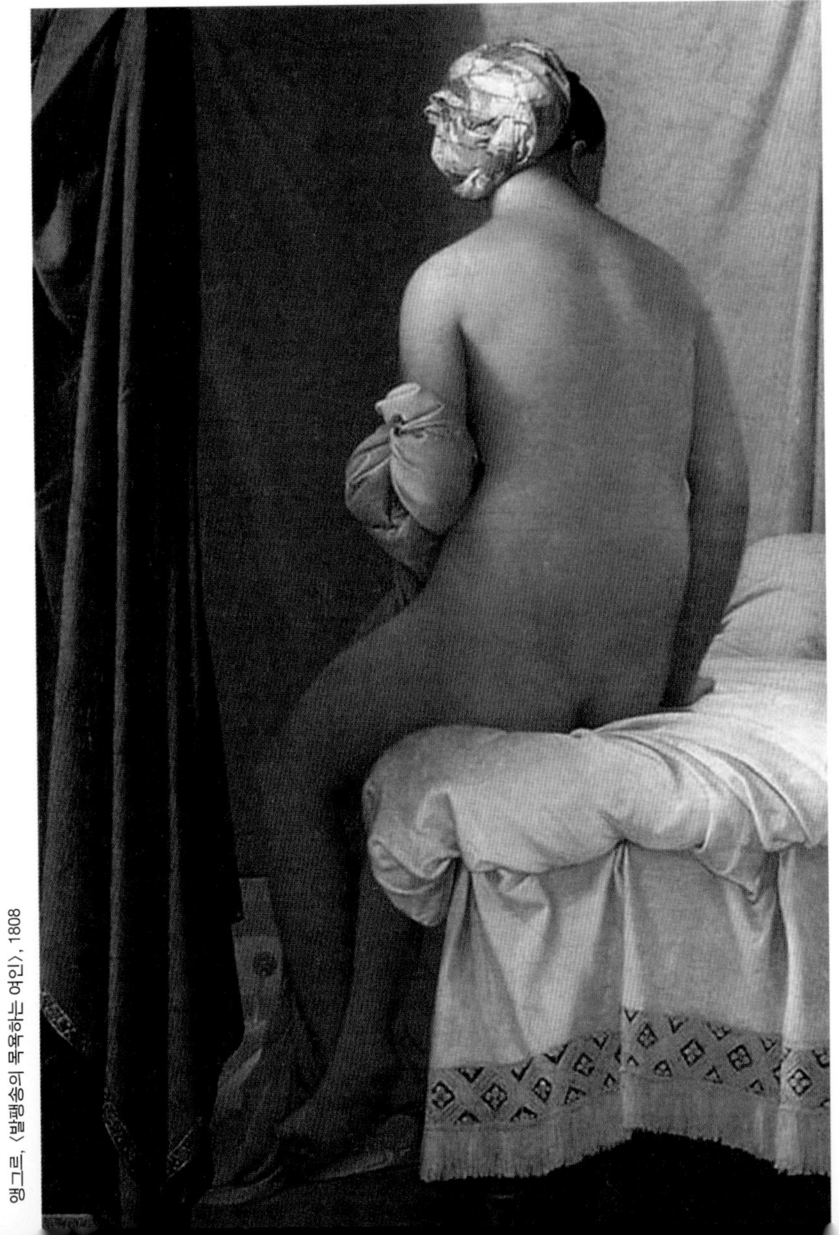

앵그르, 〈발팽송의 목욕하는 여인〉, 1808

앵그르의 그림은 부드럽다. 특유의 섬세한 필치는 여인의 곡선을 띤 몸에 누구보다도 잘 어울렸으며 실제로도 그는 벗은, 특히 목욕하는 여인의 몸을 자주 그렸다. 옷맵시나 주름을 그리는 데도 뛰어났지만, 그의 진가는 〈샘〉이나 〈목욕하는 여인〉에서 두드러진다.

그림의 원제는 '앉아 있는 여인'이었으나 이 그림을 개인 소장했던 발팽송의 이름을 따서 지금의 제목으로 알려지게 되었다.

앵그르는 로마로 유학을 가 회화의 기초를 다진 후에 신고전주의 화풍을 완성하였는데, 이 그림은 그가 로마로 간 지 2년째 되던 해에 완성했다. 욕실에 앉아 있는 여인의 뒷모습은 화가들이 여인의 나체를 강조하기 위해 자주 선택했던 장면이다. 르네상스 회화를 보는 것 같은 느낌이 들 정도로 세밀한 고전적 묘사가 앵그르 화풍의 특징이다. 등에 빛을 비추어 머리에 수건을 쓰고 있는 여인의 육체를 아름답게 표현하고 있으며, 걸터앉은 침대에 잡힌 세밀한 주름과 목욕탕 내부를 가리기 위한 벨벳 커튼의 주름, 욕조 주변의 짙은 색채 등은 여인을 향해 쏟아지는 환한 빛과 대조를 이루면서 신비로운 분위기를 자아낸다. 장식적인 아름다움과 세련된 관능미가 한껏 드러난다.

또한 입체적인 형태 표현과 세밀한 소묘, 매끄러운 기교 등

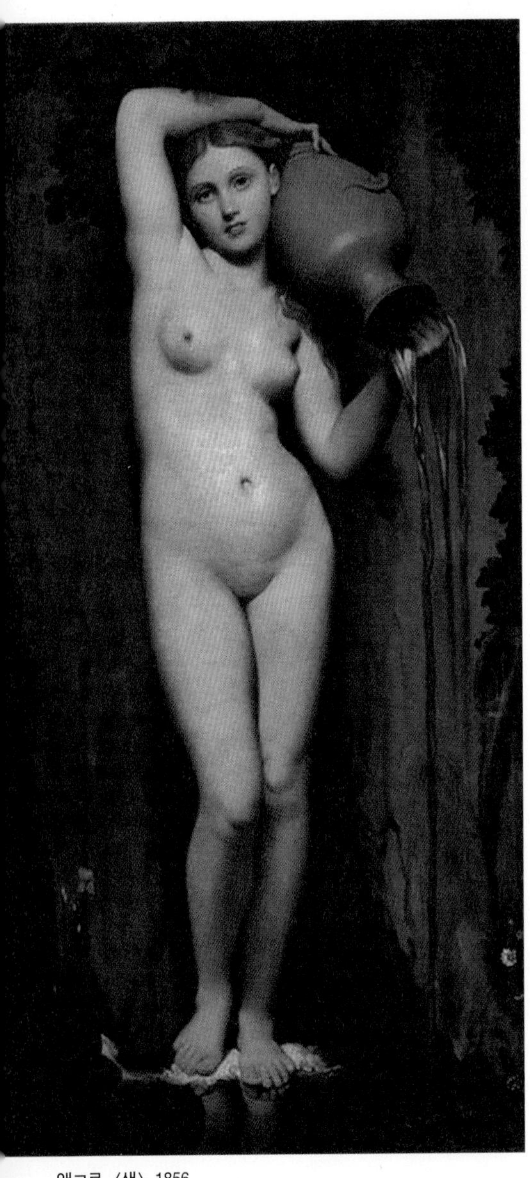
앵그르, 〈샘〉, 1856

이 완벽한 구도와 함께 조화를 이루고 있다. 머리에 두른 수건이나 침대보 문양, 커튼, 욕탕의 분위기는 그가 터키의 영향을 받았음을 알게 해 준다. 앵그르의 대표작 중 하나인 〈터키탕〉도 터키의 영향을 많이 받았다.

다비드의 강직한 긴장을 반영하는 남성적 신고전주의와 달리 우아하고 유려한 선의 아름다움을 표현한 이 작품은 그의 낭만주의적 성격을 강하게 드러낸다. 앵그르는 "예술은 지금 변혁되지 않으면 안 된다. 나는 그러한 혁명가가 되고 싶다"는 말을 남겼다. 그는 정통파의 양식을 어느 정도 고수하면서도 해부학적 묘사를 고의적으로 거부했다. 허리뼈가 세 개나 더 있다는 조롱을 받은 〈오달리스크〉가 그 대표적인 사례.

앵그르는 고전주의 특유의 세밀한 묘사법으로 사진보다 더 선명한 인상을 남겼으며, 인상주의 화가 드가는 이 작품을 보고 첫눈에 반했다고 한다. 얼굴을 드러내지 않은 채 측면 뒷모습만 보였기에 더욱 신비롭게 다가온 것일까, 볼 때마다 아름다운 곡선과 조화를 이룬 여인의 얼굴을 상상하며 바라보게 되는 그림이다.

앵그르, 〈목욕하는 여인〉, 연도 미상(19세기경)

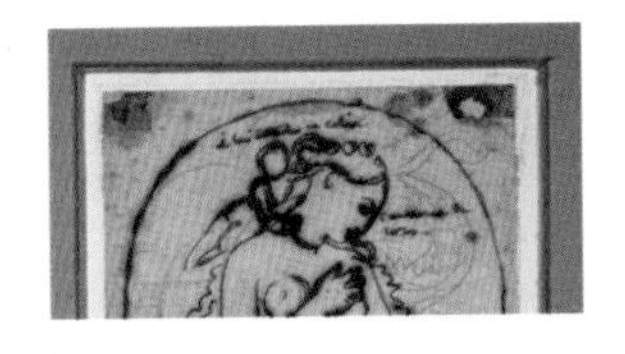

고전은 영원하다

앵그르 | 물에서 태어난 비너스

비너스의 탄생은 말 그대로 '경이롭다.' 비너스의 그리스식 표현인 아프로디테(Aphrodite)는 거품을 의미하는 아프로스(aphros)와 여성 접미사 디테(dite)를 합성한 것으로, 즉 '거품에서 태어난 여자'라는 뜻이다. 신화에 따르면 시간의 신 크로노스가 아버지 우라노스의 성기를 낫으로 잘라 바다에 던지자, 그 주위에서 거품이 일며 아프로디테가 태어났다. 남성의 성기와 바다가 결합해 어떻게 미의 여신이 되었는지는 알 수 없지만, 아름다움과 사랑

의 여신 비너스의 누드는 그녀가 상징하는 요소만큼 서양 미술에서 자주 다루는 주제 중 하나가 되었다.

앵그르는 이탈리아에 머물던 시절 고대 그리스 항아리와 부조에서 영감을 받아 이 그림을 구상했다. 초안은 머리카락이나 손으로 가슴과 음부를 가린 비너스 푸디카 자세를 취하고 있어 보티첼리의 작품을 떠올리게 한다. 하지만 그림은 이로부터 40년이 흘러서야 완성되었다.

지연되는 동안 작품은 구성과 양식 면에서 모두 변화한다. 초기에 구상한 습작 속 비너스는 태어난 지 얼마 되지 않아 이제 막 자신의 아름다움을 의식하는 순수한 단계를 묘사했다. 앵그르는 제피로스가 목걸이와 장미로 그녀를 꾸며 주고, 한쪽 발은 조개 위에 있는 고전적인 형태를 구상했었다. 하지만 완성된 비너스는 이전보다 훨씬 더 육감적이다. 앵그르는 〈물에서 태어난 비너스〉가 자기 누드 작품 중 가장 뛰어나다고 생각해 〈샘〉에서 이 자세를 또 그렸다.

지중해의 투명함이 느껴지는 앵그르의 비너스는 풍성한 세부 묘사로 생기를 얻었다. 오른쪽 무릎을 살짝 굽혀 곡선을 두드러지게 하고, 진주로 알알이 장식된 곱슬머리를 매만지는 손을 높이 치켜들어 전신을 드러낸다. 발치에는 네 푸티(Putti: 이탈리아 회화에서 사랑을 상징하는 벌거숭이 소년 푸토(Putto)의 복수형)

앵그르, 〈물에서 태어난 비너스〉, 18세기경

앵그르, 〈물에서 태어난 비너스(습작)〉, 18세기경

가 포동포동한 손으로 비너스를 거품만큼이나 부드럽게 사랑의 여신을 매만지고 있다. 왼쪽의 푸티는 비너스의 아름다움을 보여줄 거울을, 오른쪽 푸티는 사랑의 화살을 쏠 활을 들고 있다. 빛을 받아 푸르게 빛나는 바다에는 해마를 타고 있는 바다의 님프들이 작게 보인다.

그림이 공개되자 어떤 비평가들은 그림이 지나치게 시대착오적으로 순진하다고 비판했다. 하지만 문학가 고티에는 앵그르의 작품이 오래 전에 사라진, 파도 속에서 태어나는 장면을 최초로 그렸다고 전해지는 고대 화가 아펠레스의 〈물에서 태어난 비너스〉를 가장 잘 되살렸다며 예찬했고, 수집가들도 이를 구입하려 경쟁하기 바빴다. 앵그르의 제자 샤세리오도 〈물에서 태어난 비너스〉를 그렸으며, 샤세리오 역시 앵그르처럼 이후 오리엔탈리즘의 영향을 받는다. 이처럼 고전적인 주제를 다룰 때 앵그르의 장점인 섬세한 터치와 탐미적인 태도는 더욱 빛을 발해 작품에 시너지 효과를 가져왔다. 지금도 비너스는 '물에서 태어난'만큼 예술가들의 마르지 않는 샘처럼 계속 뮤즈가 되고 있다.

샤세리오, 〈물에서 태어난 비너스〉, 1838

볼수록 깨알같은

얀 반 에이크 | 아르놀피니 부부의 초상

국민 예능 프로그램 「무한도전」의 2011년 달력 프로젝트를 기억하는가? '도전! 달력모델'이라는 경쟁 포맷을 통해 유명 사진작가들과 무한도전 멤버들이 월마다 다른 콘셉트로 달력 메인에 들기 위한 경쟁을 치러 화제가 되었던 특집이다. 3월의 콘셉트는 명화 패러디였는데, 이때 정준하가 모델을 맡은 작품이 바로 얀 반 에이크의 〈아르놀피니 부부의 초상〉이었다.

15세기 플랑드르(벨기에, 네덜란드, 룩셈부르크

지역) 미술의 거장인 반 에이크 형제는 자연에 충실한 섬세한 묘사를 위해 유화를 자주 사용하고, 완성시키는 데 크게 기여한 미술사 속 거장이다. 형 후베르트가 일찍 세상을 뜬 후 그의 동생 얀은 계속해서 활발한 작품 활동을 하였다. 얀 반 에이크는 펠리페 3세의 궁정화가로 활동했으나 전해져 내려오는 것이 거의 없고, 그의 손으로 그린 것이 확실한 작품 중 전해지는 것은 1432년부터 사망한 해인 1441년까지 10년 동안 제작한 25개의 그림뿐이다. 남아있는 그림의 주제는 종교화, 특히 성모상과 초상화가 대부분이며 일관적인 양식을 보인다. 형제의 표현은 너무나도 섬세하여 극사실적인 표현을 넘어 초현실적으로 보이는 매혹적인 화풍을 구사하고 있다. 당시 회화의 주류는 안료를 달걀 노른자에 개어 그리는 템페라화였지만, 유화도 시도된 지 오래였기 때문에 그들을 유화의 발명자라 할 수 없지만 유화 특유의 깊고 풍요로운 색채, 섬세한 입체감, 생생한 질감을 완벽하게 구현한 화가로는 독보적이었다.

얀 반 에이크의 사실주의와 새로운 플랑드르 미술의 시작을 알리는 기념비적인 작품은 15세기 플랑드르 제단화 중 가장 큰 〈헨트 제단화〉다. 이 제단화는 형 후베르트가 작업을 시작했으나 완성하지 못하고 1426년에 사망하면서 1431년에 동생 얀이 여행에서 돌아와 다시 손을 댔고, 그 다음해에 완성했다. 확실히 중세와 이들의 그림이 다른 점은 인물이 이상화되지 않고 개성을 가진 존재로 재현되었다는 점이다. 아담과 이브를 비롯한 다

반 에이크 형제(열었을 때), 〈헨트 제단화〉, 1432년

른 등장인물들 이외에도 닫힌 화면에 그려진 주문자 부부의 실물크기 초상은 이러한 특징을 가장 잘 보여준다.

세계에서 가장 유명한 2인 초상화라고 할 수 있는 〈아르놀피니 부부의 초상〉은 얀 반 에이크의 대표적인 초상화다. 작은 화면에 금속, 모피, 옷감, 유리와 벽 등 서로 다른 재질을 가진 물건

반 에이크 형제(닫았을 때), 〈헨트 제단화〉, 1432년

페르난도 보테로, 〈아르놀피니 부부의 초상〉, 2006년

을 극도로 섬세하고 정확하게 재현한 화가 특유의 기술이 유감 없이 발휘되었다. 그림 속 이야기를 살펴보자면 많은 학자들이 두 사람의 결혼을 증명하는 일종의 증명서라고 해석하였다. 하지만 동시대의 결혼 이미지들에는 항상 사제나 공증인이 등장

얀 반 에이크, 〈아르놀피니 부부의 초상〉, 1434년

하며 그림의 배경이 일반 가정집이라는 점에서 이는 결혼식이 아닌 약혼식을 재현한 그림이라는 해석이 나왔다. 약혼식은 가까운 장래에 두 남녀가 결혼을 하겠다는 약속을 하는 기본적인

의미 외에도, 양가가 서로 결합하여 새로운 친척 관계를 형성하고, 이를 통해 재정적, 사회적 이득을 취하는 것을 목적으로 하는 이해관계를 기반으로 한 일종의 계약이었다.

이런 외적인 해석도 흥미롭지만, 이 그림에서 가장 재미있는 점은 거울을 끌어들여 화면 너머 그림의 감상자가 있는 곳까지 그림의 공간으로 담고 있다는 것이다. 60cm 남짓한 그림 안에 골고다 언덕에서 겪은 예수의 10가지 수난이 거울 테두리에 섬세하게 묘사되어 있는 것만 해도 놀라운데, 그 안에 오목 거울로 그림 밖에 있어야 할 화가와 조수까지 그림 속으로 끌어들였다. 이 구성은 17세기 벨라스케스의 〈시녀들〉이 등장하기까지 능가할 만한 것이 없는 이 그림만의 혁신적인 면모다. 또 창으로 빛이 들어오는 실내의 한 구석을 배경으로 빛의 효과를 섬세하게 표현한 것은 베르메르의 회화에서 그대로 볼 수 있다. 이 그림은 이후 그려질 전신 초상화, 실내 정경을 담은 장르화, 정물화 세 가지 분야 모두에 큰 영향을 끼친 선구자적인 작품이라 할 수 있다.

진지하고 엄숙한 분위기의 원래 그림과 반대로, 이 작품의 패러디들은 「무한도전」 달력 촬영처럼 대부분 실소를 짓게끔 익살스럽다. 가장 유명한 패러디로는 페르난도 보테로의 〈아르놀피니 부부의 초상〉이 있는데, 엄숙했던 원래 그림과 달리 남자는 사진을 찍듯이 손으로 '브이'를 하고 있고, 웅장하던 샹들리에는 단출한 알전구가 되어 있으며 여자는 아예 임신 중이다.

부의 상징이던 오렌지는 바닥에 굴러다니고, 모자는 우스꽝스럽게 과장되어 천장을 뚫을 듯이 커져 있다. 이런 패러디들이 많이 나온다는 건 그만큼 원작 안에서 소소하게 바꿀 요소들이 많다는 걸 뜻한다. 처음 볼 땐 무심하게 스쳐지나갈지 몰라도 들여다볼수록 더 많은 이야기를 담고 있는 〈아르놀피니 부부의 초상〉. 700여 년이 지난 지금도 이 작은 그림은 수많은 비밀들을 품고 우리가 그것을 알아봐 주기를 기다리고 있는 것은 아닐까.

무한도전에서
패러디한
얀 반 에이크의
〈아르놀피니 부부의 초상〉

‘내가 당신을 보고있어 지금’

올랭피아가 말하는 모든 것

흔히 여인의 아름다움을 표현한 누드화에서 그림 속의 주인공은 어떠한 표정과 자태를 하고 있는가? 미의 여신 비너스를 그린 고전주의 많은 작품들 속에서는 신성하고 우아한 자태와 함께 시선은 먼 곳 어딘가를 지그시 바라보거나 그윽한 눈빛으로 어딘가에 시선을 두고 있음을 알 수 있다.

하지만 마네의 〈올랭피아〉를 보라. 지금 당신을 보고 있다. 그것도 아주 당돌하고 도도하며 공격적으로 주시하는 눈빛이다. 마네가 올랭피아를 살롱

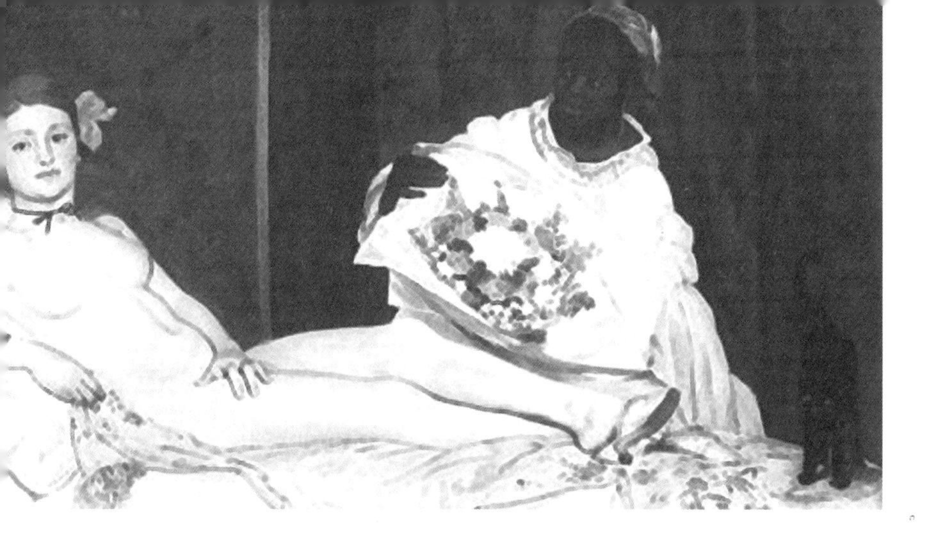

전에 출품하고 많은 비난을 받은 데에는 사람들은 아름다운 여신의 누드화가 아닌 창녀의 누드화이기 때문이라고 한다. 하지만 다만 대상이 누구냐만이 문제는 아니었을 것이다. 그림을 접했을 때 그림 속 여자의 벗은 나체가 아니라 일단 그녀의 압도적인 눈빛에 충격을 받았으리라. 그것은 보는 당사자로 하여금 어떠한 자신의 비리를, 부도덕함을 당장이라도 밝히고 자신에게 머리를 숙이라고 말하는 것 같다. 도둑이 제 발을 저리듯 당시 파리의 중산층 신사들을 비롯하여 미술계에서 사회의 과오를 솔선수범하여 덮어야 한다는 듯이 비난의 목소리는 봇물터지듯 한 것이다.

마네는 그림 속에 올랭피아를 통해서, 그녀의 당당한 포즈와 눈빛을 통해서 또 다른 무언가를 말하고자 했음이 분명하다. 우리 희대의 센세이션이었던 〈올랭피아〉를 함께 감상해보자.

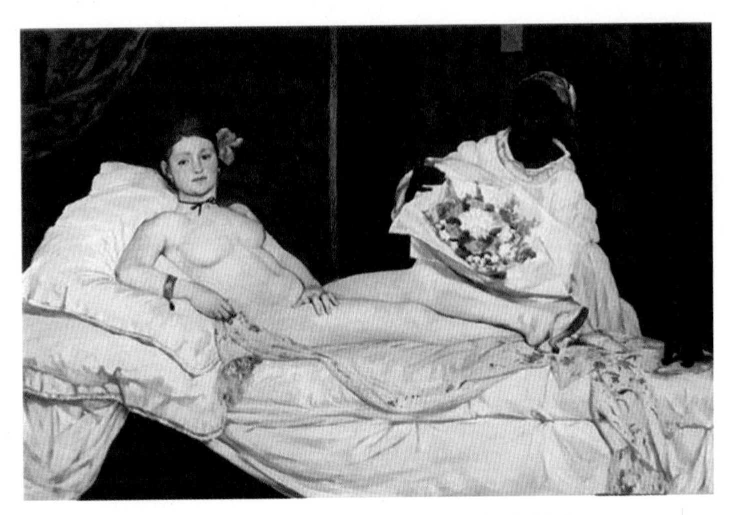

마네, 〈올랭피아〉, 1863, 캔버스에 유채/130.5cm×190cm/오르세 미술관

그림에서 흑인의 하녀가 들고 있는 꽃다발은 그림 속 올랭피아의 남성 고객으로부터 받은 선물로 보이며, 오른쪽 검은 고양이는 문란함을 상징하는 동물로 그림의 상황과 올랭피아의 신분을 대변해 주고 있다. 파리에 팽배해 있던 비밀스러운 문화를 폭로하고 있는 올랭피아는 화두가 되기에 충분했다. 당시 파리의 남자들은 결혼을 했건 그렇지 않았건 고급매춘부를 애인으로 두었다고 하는데, 같이 공연을 보거나 전시회를 가거나 하는 등 고급문화를 누리는 등 그 모습은 매우 위선적이었다.

그림 속의 올랭피아는 이렇게 파리의 고급매춘부를 보여주는 상징적인 여인이라고 할 수 있다. 당시 살롱의 성격 또한 고급문화를 선도하는 분위기였으며, 파리의 문화 또한 위선적인 문화에 편승하고 있었던 것이다. 이러한 모습에 한마디로 마네는 '돌직구'를 날렸던 것이다. 자신의 부끄러운 면을 공공연하게 밝혀지는 것을 어느 누가 좋아한단 말인가. 정치계에서도 일단은 부패를 덮는 것에 급급한 모습을 보이는 것처럼 마네의 그림은 시대의 희생양인 것 마냥 모든 질타와 비난의 가운데에 있었다. 하지만 진실은 결국 통하는 것이며, 역사 앞에서 재평가되기 마련인 것이다. 이제 마네의 올랭피아는 현대미술에 있어 지금까지 명작으로 남게 되었다. 여기에서 한 가지 더 짚어갈 문제가 있다. 얼마 전 KBS에서 진행하는 '명작스캔들'이라는 프로그램에서 올랭피아의 모델이 이제까지 우리가 알고 있었던 고급매춘부가 아니라는 것이 그것이다.

프로그램의 내용에 따르면 올랭피아의 모델은 당시 프랑스 여류화가 빅토린 뫼랑이라는 여자로 밝혀졌다. 당시는 지금처럼 여류화가가 활동하기 자유로운 시대가 아니었다. 이에 자의식이 강한 빅토린 뫼랑은 마네의 시대인식과 통하는 면이 많았을 것으로 보이며 이에 그의 그림 올랭피아의 모델이 되기에 충분했을 것이다. 그림에서 올랭피아의 도도하며 상대방을 부끄럽게 만드는 날카로운 눈빛은 그녀가 화가임을 보여주는 모습으로 보고 있다. 자신의 생각이 그림에서 그대로 보여지는 것이다. 일부에서는 빅토린 뫼랑이 마네의 연인이었다는 설도 있지만 그녀에 대한 기록은 거의 전무하여 증명하긴 어렵다. 이러한 상상을 기반으로 '마네의 연인 올랭피아'라는 소설이 나오기도 했다. 어찌되었든 간에 올랭피아의 모델이 실제로 마네의 연인이었건 아니건 간에 분명한 것은 모델이었던 그녀 또한 마네와 가치관의 맥을 같이했다는 데에 있다. 예술적인 견해를 같이 한다는 것은 예술가의 입장에서 더없는 행복이자 행운이다. 올랭피아의 모델인 빅토린 뫼랑은 분명히 마네의 올랭피아 제작에 있어서 큰 힘으로 작용했을 것이며, 많은 영감을 주었을 것이라 추측된다. 피카소와 마티스가 서로의 작업에 대해 논하며 예술적 동반자로써 때로는 라이벌로서 서로의 예술세계에 영향을 끼치고 발전했던 것처럼 마네에게 올랭피아가 모델이자 예술적 동반자 역할을 했을 것이라는 조심스러운 상상도 해본다.

사람의 인상에 있어서 가장 중요한 부분이 바로 '눈'이라고 한다. 이렇게 눈은 마음의 창이며, 사람의 정신을 신체의 가장 가까이에서 볼 수 있는 창구라고 볼 수 있다. 올랭피아의 눈은 창부로 표현된 그 이상을 넘어 그녀의 정신을 담고 있는 것이다. 옆의 그림은 비난받고 있는 마네를 전폭적으로 지지했던 비평가 에밀졸라의 초상이다. 흥미로운 점은 그의 초상화 오른쪽 위에 보면 마네의 그림 올랭피아가 있다. 그림 속 여인이 에밀졸라를 당돌하게 쳐다보고 있다. 이 모습이 과연 문란한 파리의 창녀의 모습으로만 보이는가? 초상화 속 조연으로써 그녀의 역할은 어쩌면 엄숙하고 근엄하기까지 하지 않은가? 묵언의 언어로 말하고 소통하는 것처럼 보이지 않는가? '내가 당신을 보고 있어 지금' 올랭피아는 그림 안에서 당대 현실을 여실히 폭로하고 있는 것이다.

마네, 〈에밀졸라의 초상〉, 1868, 캔버스에 유채/146cm×114cm/오르세 미술관

뿌연 화폭 속 돌진하는 새 시대의 힘

윌리엄 터너 | 비, 증기, 속도

어릴 적 미술시간에는 수채화를 칠할 때가 가장 어려웠다. 물을 너무 많이 섞으면 맑은 색이 나오는 대신 종이가 쭈글쭈글해지고, 물을 덜 섞으면 투명한 느낌의 색이 나오지 않아 기껏 열심히 그린 밑그림을 망치는 기분까지 들었다. 그래서 티 없이 깨끗한 수채화는 지금 봐도 그 어떤 회화보다 경외심이 든다. 그중 영국의 국민화가로 명성이 높은 터너의 그림은, 그 유명세를 모르더라도 따뜻한 색감과 맑은 느낌으로 감상자의 마음을 울리는 매력을 가졌다.

터너, 〈맘스베리 수도원의 폐허〉, 1792

터너, 〈비, 증기, 그리고 속도—대 서부 철도〉, 1844

이발사의 아들로 태어났지만, 그림에 뛰어난 재능을 갖고 있던 윌리엄 터너는 27세라는 젊은 나이에 왕립 아카데미의 정회원으로 뽑히기도 했으며 개인 갤러리를 전부 자기 작품으로 채

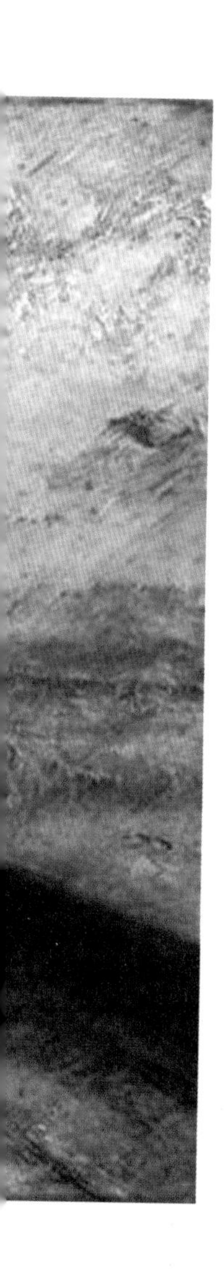

울 만큼 왕성한 창작활동을 선보였다. 그는 여름에 작품 소재를 찾기 위해 여행을 떠나고, 겨울에는 돌아와 여행지에서 그린 스케치와 머릿속 구상을 작품으로 옮기는 작업을 이어나가곤 했다. 17세 때 그린 〈맘스베리 수도원의 폐허〉는 초기 걸작으로 손꼽히며, 원래 색보다 회색, 초록색을 더 섞어 중세의 수도원이라는 낭만주의적 요소를 강조했다. 초기에는 영국을 중심으로 여행했지만, 이탈리아 여행에서 고대 유적으로 가득 찬 풍경을 마주함과 동시에, 17세기 풍경화가 클로드 로랭의 빛과 만났다. 이후 그의 그림에서 빛이 차지하는 비중이 점차 많아지는 직접적인 이유 중 하나가 바로 이때 여행일 것이다.

프랑스의 전쟁이 끝나자 사람들은 좀 더 자유롭게 여행을 다닐 수 있게 되었고, 이에 힘입어 명소를 소개하는 책자나 일러스트북이 유행하기 시작했다. 터너의 수채화가 제일 인기가 많았으며, 이때의 대표작은 〈잉글랜드와 웨일스 지방의 픽처레스크 풍경〉이라는 판화본 시리즈로 출간되기도 했다.

1825년 영국에 철도가 처음으로 개통되자, 사

람들은 이 새로운 교통수단이 지닌 힘과 속도에 매료되었다. 일흔에 가까운 노화가 윌리엄 터너도 예외가 아니었다. 그는 당시 가장 최신형 모델이었던 기차를 타고 런던 템스 강의 다리 위를 달렸다. 그는 비가 쏟아지는 날, 달리는 열차의 창문 밖으로 고개를 내밀고 10여 분 이상이나 비 오는 열차의 풍경을 온몸으로 느끼며 관찰하였다. 그 결과 탄생한 작품이 바로 〈비, 증기, 그리고 속도-대 서부 철도(Rain, Steam, and Speed-The Great Western Railway)〉이다.

터너, 〈국회의사당의 화재〉, 1834

이 작품은 빛과 대기, 그리고 19세기 영국의 최첨단 산업기술이 어우러진 도시의 역동적인 풍경을 포착하고 있다. 푸른색과 금색, 붉은색, 흰색 물감을 사용하여 어슴푸레한 대기와 안개, 속도감을 표현하였다. 윤곽이나 형태를 거의 완전히 용해시켜 온통 한 덩어리로 뭉쳐진 황토색 대지와 레몬빛 대기를 뚫고 검은 증기기관차가 육중한 속도로 달려오는 이 작품. 물과 불, 대기가 만나 소용돌이치는 강한

힘이 느껴진다.

터너는 거대한 자연과 그 자연에 도전하는 인간의 투쟁 장면(〈국회의사당의 화재〉)을 주로 담았다. 불이나 폭풍우 같은 드라마틱한 주제를 좋아했던 그는 점차 빛과 대기를 어떻게 표현할 것인가에 관심을 두고 색채를 통해 감성에 호소하는 추상으로 나아갔다. 이 작품은 기존의 터너가 그리던 풍경화와 앞으로 그리게 될 추상화의 중간 지점에 서 있는 그림이라 할 수 있다. 비평가들은 그림 속 속도와 에너지에 대한 감각, 원근법 속에서의 시야의 확장, 그리고 빛나는 색채의 향연에 찬사를 보냈다.

작품을 모두 전시할 수 있는 미술관을 세운다는 조건으로 터너는 국가에 자기 작품을 모두 기증했으며, 지금도 테이트 브리튼 갤러리에 전시되어 있다. 그의 빛과 대기는 프랑스의 자연주의자들과 인상파 화가들에게 큰 영향을 끼쳤다.

황제가 알프스를 넘으면 노새도 말이 된다

자크 루이 다비드 | 알프스를 넘는 나폴레옹

원작의 유명세에 힘입어, 혹은 그 독특함을 기반으로 한 패러디가 쏟아지는 명화가 있다. 클림트의 〈키스〉, 다빈치의 〈모나리자〉, 보티첼리의 〈비너스의 탄생〉, 고흐의 〈자화상〉 등이 이에 해당한다. 그리고 지금 다루는 자크 루이 다비드의 〈알프스를 넘는 나폴레옹〉 역시 우리나라에서는 유산균 음료 광고의 메인이 되는 등, 여러 번 패러디의 대상이 되고 있다.

자크 루이 다비드, 〈알프스를 넘는 나폴레옹〉, 1800

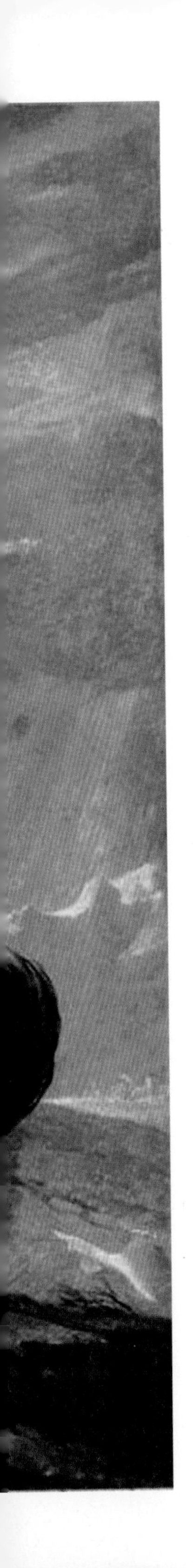

〈암살당한 마라〉를 그려 마라를 민주주의의 숭고한 희생자로 재탄생시킬 만큼 다비드는 그 자신도 프랑스 혁명을 지지한 열렬한 공화정파였다. 하지만 하루가 다르게 어제의 적이 오늘의 동지가 되고, 어제의 동지가 오늘의 적이 되는 정치적 혼란 속에서 그는 나폴레옹의 열광적인 지지자로 돌아섰으며, 자기 재능을 이용하여 새로 황제가 된 나폴레옹을 찬양하였다.

나폴레옹이 이끄는 프랑스 군대가 이탈리아를 장악하자 스페인 왕 카를로스 4세는 프랑스 혁명 이후 냉각관계에 있던 양국의 외교관계를 회복하지 않을 수 없게 된다. 당시의 외교적 관례대로 프랑스와 스페인 양국은 초상화, 의복, 보석 등 여러 선물을 주고 받았다. 완성된 후 그림은 두 나라의 우정의 상징으로 스페인 마드리드의 궁전에 걸리게 되었다.

〈알프스를 넘는 나폴레옹〉은 1808년 카를로스 4세가 아란페스 폭동으로 왕위에서 물러나고 대신 나폴레옹의 형인 조제프 보나파르트가 스페인 왕이 될 때까지 궁전에 걸려있었으나, 나폴레옹의 실각 후 조제프 보나파르트가 미국으로 망명하면서 함께 가지고 갔다. 그 후 그림은 1949년까지 미국에 있다가 후손인 유제니 보나파르트의 기증으로 프랑스에 돌아가게 된다. 〈알프스를 넘는 나폴레옹〉은 스페인에 있던 그림이 원본이지만 나폴레옹이 다비드에게 같은 그림을 3점 더 제작하도록 하였고, 이외에도 다비드가 개인적으로 제작한 1점이 더 있어 전부 5점이 제작되었다.

이 그림은 1800년에 나폴레옹이 북부 이탈리아를 침략하기 위해 군대를 이끌고 알프스 산맥을 넘었던 사건을 기념하고 있다. 나폴레옹은 스스로 이 장면을 선택한 다음, 다비드에게 자신을 '사나운 말 위에 올라탄 평온한 모습'으로 그릴 것을 명령했다. 황제의 이목구비가 실제보다 더 미화된 이유는 마라의 출세욕도 있겠지만, 나폴레옹이 한 번도 그림의 모델로 서지 않았기 때문이다. 다비드는 포즈를 구상하기 위해 아들을 사다리 꼭대기에 앉혀야만 했다. 다비드는 마렝고 전투에서 나폴레옹이 입었던 제복을 빌려 나폴레옹의 군복을 더 정확하게 그려냈다.

이 그림은 나폴레옹 제국의 위엄을 상징하고 있다. 몰아치는 바람에 거칠게 나부끼는 말의 갈기와 나폴레옹의 망토는 그림에 웅장한 느낌을 더한다. 아래쪽 바위에 새겨진 한니발과 샤를마뉴는 군대를 이끌고 알프스 산맥을 넘어 승리를 이끌어냈던 장군들이다.

폴 들라로슈, 〈알프스를 넘는 나폴레옹〉, 1850

그러나 이것은 모두 프로파간다에 불과하며, 진실은 시시하기 짝이 없다. 나폴레옹은 화창한 날에 알프스 산을 넘어 진군했으며, 다비드는 퓨트르 대제의 기마상을 토대로 앞발을 들고 서 있는 말의 자세를 그렸지만, 사실 나폴레옹은 노새를 타고 알프스 산맥을 넘었다. 나폴레옹 사후에 그려진 폴 들라로슈의 〈알프스를 넘는 나폴레옹〉은 이를 정확히 그려내고 있다. 이외에도 실제 대관식에 없던 어머니와 추기경을 넣고, 나폴레옹보다 6살 연상이었던 아내 조세핀을 실제보다 젊게 그린 〈나폴레옹의 대관식〉 역시 다비드에 의해 더 웅장해지고 미화되었다.

이 그림이 패러디되는 경우를 보면, 그림이 갖고 있는 특유의 웅장미를 뒤집는 성향이 많이 보인다. 그림 자체가 가진 웅장함에 반하는 익살스러운 모습이 더 극적인 효과를 주기 때문에 그런 것이라 짐작은 되나, 작품에 숨겨진 뒷이야기까지 생각하면 사실을 왜곡한 그림이 현대인들에게 희화화의 대상이 되고 있다는 점이 새삼 묘하게 느껴진다. 화무십일홍(花無十日紅)이란 말이 절로 생각나는 때다.

자크 루이 다비드, 〈나폴레옹의 대관식〉, 1807

숭고한 혁명의 탈을 쓴 공포정치의 단상

자크 루이 다비드 | 마라의 죽음

자크 루이 다비드, 〈마라의 죽음〉, 1793

프랑스 혁명에 관한 첫 기억은, 만화책으로 나오고 나중엔 TV 애니메이션으로도 제작된 〈베르사유의 장미〉였다. 혁명에 가담했던 주인공들이 모두 죽고, 마지막엔 마리 앙투아네트 왕비가 단두대의 이슬로 사라지는 게 슬펐다. 하지만 새로운 세상을 원하는 민중들의 열망이 어린 마음에도 그대로 닿았고, 결국 주인공이 원한 세상이 이뤄지면서 끝을 맺었다. 〈마라의 죽음〉의 주인공인 마라는 〈베르사유의 장미〉에서 나왔던 젊은 혁명가, 로베스피에르와 같은 급진적, 열성적인 자코뱅 당원이었다.

마라는 프랑스 혁명 이후 「민중의 친구」라는 신문을 발행하는 유명 언론인인 동시에, 당시 공포 정치 분위기 속에서 반혁명분자를 색출하는 임무를 맡았다.

마라를 암살한 사람은 샤를로트 코르데라는 젊은 여인으로, 자코뱅당이 뿌리 뽑듯이 숙청을 단행한 지롱드당원이었다. 동료들을 단두대로 보낸 마라를 없애면 프랑스에 평화가 찾아올 거라고 믿었던 그녀는 '저는 아주 가난한 사람입니다. 이 한 가지 이유만으로도 당신이 제게 호의를 베풀어 주실 이유가 충분하리라고 생각합니다.'라고 적힌 쪽지를 들고 가 마라를 만나고자 했고, 스스로를 '민중의 친구'라고 여겼던 마라는 그녀를 흔쾌히 집무실이나 다름없는 욕실 안으로 들였다. 당시 심한 피부병을 앓고 있던 마라는 주로 식초를 적신 수건을 머리에 두르고

차가운 욕조에 앉아 업무를 보았기 때문이다. 그녀는 시위를 벌인 자롱드 당원들의 이름을 댔고, 마라가 그를 받아 적는 가운데 미리 준비한 칼을 꺼내 마라의 가슴에 정확히 꽂았다. 마라는 즉사했고, 그녀는 현장에서 검거되어 3일 후 단두대의 이슬로 사라졌다.

화가 다비드는 마라의 절친한 친구로, 마라가 죽은 지 하루 만에 다비드에게도 비보가 전해졌다. 자코뱅당 지도부는 다비드에게 마라의 장례행렬에 쓰일 기념회화를 맡겼고, 다비드는 3일 만에 이 그림을 완성하였다.

신고전주의에 입각한 이 그림 속에는 바닥에 피 묻은 칼이 놓여 있을 뿐, 욕실 안은 아무런 장식도 가구도 보이지 않는다. 비명에 간 청렴결백한 혁명가의 생활이 부각되어 있다. 잉크병이 놓인 낡은 나무상자에 '마라에게, 다비드가(A MARAT, DAVID)'는 글만이 외로운 비문처럼 적혀 있다. 그의 한 손에는 면회를 요청할 때 샤를로트가 가지고 온 거짓 탄원서가 들려 있고, 밑으로 축 처진 다른 손에는 깃펜이 쥐어져 있다. 보들레르의 말처럼 다비드의 그림 속에서 마라는 시 · 공간을 초월하여, 이상을 지키기 위해 희생당한 '신성한 마라'가 되었다. 욕조 속에서 살해당한 한 남자가 아닌, '혁명의 순교자'로 승화된 것이다. 다비드는 '마라의 암살'이라는 역사적 사건보다는 '마라'라는 영웅적 인물을 조명하는 것에 보다 초점을 두고 있다. 마라의 평온한 표

장 자크 오에르, 〈샤를로트 코르데〉, 1793

정과 정적이고 절제된 화면, 그리고 세심한 빛의 효과는 그림을 보는 사람이 그의 숭고한 희생에 주목하도록 이끈다.

한편, 마라의 암살범이자 스물다섯 나이에 스스로의 행동에 마지막까지 확신에 차 있었으며, 끝까지 차분했던 코르데는 '암살의 천사'라고 불리며 많은 예술가들에게 영감을 주었다. 그녀의 아름다운 외모도 이에 큰 역할을 했을 것이다. 사형 직전에

폴 자크 에메 보드리, 〈샤를로트 코르데〉, 1860

장 자크 오에르가 그녀의 초상화를 그려 지금까지 전해지고 있다. 한 세기가 지난 후 마라의 죽음이라는 같은 사건을 다룬, 폴 자크 에메 보드리가 그린 〈샤를로트 코르데〉는 다비드의 그림과 사뭇 다르다. 작가가 그림의 제목에서부터 드러냈듯, 이 그림의 주인공은 마라가 아니라 코르데다. 벽에 걸린 프랑스 지도 앞에 선 코르데의 모습은 마치 혁명이라는 괴물을 처치한 수호자처럼 보인다.

루이 16세에 이어 마리 앙투아네트도 마라가 죽은 1793년에 모두 처형되었다. 하지만 그 후 2년이 채 지나지 않아 공포정치를 호령하던 로베스피에르 역시 단두대에서 처형당하고, 이에 동조했던 다비드도 옥살이를 하게 되었다. 그 후 다비드는 나폴레옹의 궁정화가가 되어 신고전주의의 대가로 칭송받았지만, 나폴레옹이 실각하자 브뤼셀로 망명해 쓸쓸하게 생을 마쳤다. 그 출중한 실력만큼은 대가였지만, 시대의 흐름에 편승하였던 그의 행태는 결코 대가답지 못했다. 혁명이라는 이름의 광풍이 몰아닥치던 시기, 어제의 영웅이 오늘의 역적이 되고, 오늘의 역적이 다시 내일의 영웅이 되던 때였다. 프랑스 시민들의 1789년 봉기는 분명 지금까지도 칭송되어야 할 '혁명'이었지만, 이를 변질시켜 프랑스 시민들을 두려움에 떨게 한 공포정치는 같은 혁명으로 보아선 안 될 것이다.

의심하라, 신일지라도

카라바조 | 의심하는 토마

카라바조, 〈의심하는 토마〉, 1601~1602

세계 1위 베스트셀러 성경, 특유의 문체 탓에 읽기 어려워 처음으로 예수를 알게 된 건 바로 위인전이었다. 내용보다는 삽화에 나온 빵이나 포도주에 더 눈이 가던 어린아이였지만, 십자가에 매달려 고통스럽게 죽은 예수가 묻힌 지 3일 만에 부활해 승천하기까지의 과정은 흥미진진하게 읽은 기억이 있다. 그중 가장 신기하게 느낀 일화는 '토마의 의심'이었다.

예수의 열두 제자 중 한 명인 토마는 예수가 부활했을 때 현장에 있지 않았다. 그래서 예수가 부활했다 말하는 다른 제자들에게 자긴 예수의 손에 있는 못자국에 손을 넣어보고, 옆구리에 손을 넣어보기 전까진 믿지 못하겠다고 말했다. 8일 뒤에 토마와 제자들이 집안에 모여 있을 때 예수가 와서 토마에게 손가락을 대 보고 손을 넣어 보라고 하였다. 토마가 주 하나님을 부르짖자, 예수는 "너는 나를 보고서야 믿느냐? 보지 않고도 믿는 사람은 행복하다."며 토마에게 깨달음을 주었다. 이후 토마는 인도에 복음을 전하기 위해 왕궁을 짓는 목수로 가서 왕을 회심시키기도 하였다. 이러한 유래로 토마는 건축가와 목수의 수호성인이 되었으며, 인도에서 순교한 그의 유해가 13세기에는 이탈리아로 옮겨져 토스카나 지방에서 토마에 대한 공경이 유행했다.

성경에서는 토마가 예수의 상처에 손가락을 넣었다는 말은

두초 디 부오닌세냐, 〈의심하는 토마〉, 1308~1311

없지만, 예술가들은 토마가 상처에 손가락을 넣는 모습으로 재현하였다. 이탈리아 초기 바로크 시대 화가인 카라바조는 빛과 그림자의 대비를 잘 쓰기로 유명했는데, 그의 대표작 중 하나가 바로 〈의심하는 토마〉다. 그림 속 토마는 예수의 손에 이끌려 스승의 상처에 깊숙이 손을 넣고 있다. 화가는 등장인물 외에 모든 배경을 생략하고 검게 처리한 후, 등장인물들의 머리를 모두 한

곳에 모아 토마의 손가락으로 보는 사람의 시선을 집중시킨다. 카라바조의 그림에는 군더더기가 없다. 그 이전 시대의 〈의심하는 토마〉에는 배경에 12제자들이 등장하거나 배경을 그려 넣는

카라바조, 〈이삭의 희생〉, 1598

경우가 많았는데, 카라바조의 그림엔 불필요한 장식 없이 오로지 빛과 그림자의 대비를 통한 강렬한 인물묘사만이 남아 있다. 간결한 설득력과 사실적인 현장성을 통해 강력한 사실주의로 종교화의 새로운 표현 영역을 넓힌 것이다. 이는 그가 그린 〈성 베드로의 순교〉, 〈이삭의 희생〉에서도 이는 잘 드러난다.

그의 대담한 화법은 전 유럽에서 수많은 추종자를 낳았으며, 이후 루벤스, 렘브란트, 벨라스케스 등 거장들에게 영향을 주었다.

종교화에 일상적인 서민의 모습을 투영한 파격적인 행보만큼 화가의 생도 평범하게 흘러가진 않았다. 방탕한 생활을 일삼았으며, 결투 끝에 사람을 죽이기도 하고, 얼굴을 심하게 다치는 보복을 당하기도 했다. 하지만 가장 실제적이지 않을 것 같은 종교화에 현실의 모습을 반영하고, 실제적인 현상에 대한 인간의 탐구를 〈의심하는 토마〉로 담아낸 카라바조는 바로크 시대의 위대한 화가임에는 틀림없다.

카라바조, 〈성 베드로의 순교〉, 1600~1601

특별함을 넘어선 평범함

쿠르베 | 안녕하세요, 쿠르베 씨

쿠르베, 〈목욕하는 사람〉, 1853

대학 강의 시간에 처음으로 19세기 서양 회화를 공부할 때, 이건 꼭 시험에 낼 거라며 교수님이 그렇게 강조한 게 바로 이 그림이었다. 생전 들어보지도 못한 '쿠르베'라는 이름에 평범하기 짝이 없는 그림, 조금은 특이한 제목.

프랑스 오르낭의 부유한 가정에서 태어난 귀스타브 쿠르베는 평범한 농촌 생활의 사실적인 모습을 표현하는 대담하고 특색 있는 방식을 발전시켰다. 〈목욕하는 사람〉과 같은 감각적인 누드화나 흥미로운 알레고리, 고향 오르낭을 연상시키는 풍경 등 여러 주제를 모두 아우르며 그리곤 했다.

쿠르베는 부르주아 사회에 노골적으로 반대했으며, 사실주의 화파의 지도자로 유명했기에 그만큼 논란의 중심에 서 있던 화가다. '그림이 천박하고 추하다'는 사람들의 비웃음에도 시달렸다. 〈안녕하세요, 쿠르베 씨〉와 같은 사실주의 화풍이 당시만 해도 충격적이고 낯선 것으로만 받아들여졌기 때문일 것이다. 심각한 재정 문제에 부딪친 그는 운 좋게도 후원자 알프레드 브뤼야스를 만나서 도움을 받았는데, 그가 바로 그림 속의 모자를 벗은 신사다.

〈안녕하세요, 쿠르베 씨(혹은 '만남')〉는 제목이 그림의 모든 것을 말한다고 봐도 된다. 그만큼 그림이 말하고자 하는 건 간단하다. 그림 오른쪽에서 등산복 차림에, 턱수염을 길고 덥수룩하게 기른 남자가 '쿠르베 씨(화가 본인)'이며, 그를 불러 먼저 인사를 건넨 신사는 화가의 후원자인 브뤼야스다. 그의 옆에는 듬직한 남자 하인과 개 한 마리가 있다. 화가와 후원자가 동네에서 만나 서로 인사를 주고 받는 것, 그게 그림 내용의 전부다.

하지만 그 '평범함'이 당시 프랑스 미술계에는 파격 그 자체나 다름없었다. 당시 미술계는 역사화, 종교화, 초상화, 풍경화, 풍속화 등의 틀 안에서만 흘러가고 있었기 때문이다. 그 틈바구니에서 나온 쿠르베의 일상의 포착은 당시 굉장한 돌풍을 불러일으켰다.

또한, 그림 안에서 뿜어져 나오는 화가의 당당함도 큰 매력으로 다가온다. 붓통을 맨 허름한 차림의 화가는 자기 작품을 사주는 후원자 앞에서도 고개를 빳빳이 들고 서 있다. 예술가로서의 당당함은 '천재에게 경의를 표하는 부(富)'라는 그림의 부제로 아예 못을 박는다.

비록 허름한 차림이지만, 오히려 화구를 메고 그림 그릴 곳을 찾아 돌아다니는 화가의 모습에서 진솔함이 느껴진다. 겉치장이 아닌, 예술을 향한 열정과 예술이 부(富)보다 고귀하다고 믿는 그의 신념에서 나오는 진짜 모습이다.

이 작품은 넓은 의미에서는 그의 자화상 중 하나에 속하며, 쿠르베는 자신을 교회나 정부 같은 조직에 적응하지 못하는 방랑자로 묘사하는 것을 즐겼다.

화려하거나 크게 시선을 잡아끄는 무언가가 있지는 않지만, 역사적인 의미가 깊은 작품이다. "그림으로 먹고 살면서 단 한 순간이라도 원칙을 벗어나거나 양심에 어긋나는 짓은 하고 싶지 않다"는 편지 속 글귀처럼 현실에 타협하지 않고 예술을 우선시하는 화가의 당당함은 현대 예술가들에게도 가르치는 바가 크다.

쿠르베, 〈안녕하세요, 쿠르베 씨(혹은 '만남')〉, 1854

베네치아 시대의 티치아노도 가벼운 사랑과 결혼을 경계하였음을

티치아노 | 천상과 세속의 사랑, 우르비노의 비너스

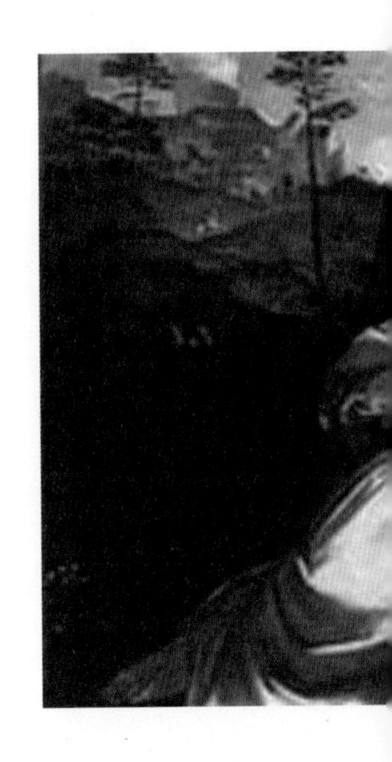

인간의 삶에서 여자와 남자로서 '사랑과 결혼'은 매우 중요한 화두임에 틀림없다. 어쩌면 가장 중요한 과제로 여겨지며 꼭 해봐야하는 책임과 마땅한 과정으로도 생각되어진다. 최근 젊은 사람들은 '사랑은 해도 결혼은 선택이다.'라고 한다는데 이는 결혼이 지극히 현실적으

로 이뤄지고 있으며 결혼 조건과 능력, 책임과 희생이 수반되는 것에 대한 부담감이 있기 때문이다. 이러한 모습은 티치아노가 살았던 베네치아에서도 있었다고 한다.

르네상스 시기 베네치아에서도 세속적이며 조건적인 사랑과 결혼이 만연했기에 티치아노도 그림으로 표현하였다. 그의 〈천상과 세속의 사랑〉에서 두 여인은 세속의 물질적 사랑과 지고지순한 순수한 사랑을 상징한다. 두 여인은 머리색과 얼굴색이 같아 쌍둥이처럼 표현했으며, 이는 사랑의 세속성과 신성함의 공존을 나타내었다고 한다.

티치아노, 〈천상과 세속의 사랑〉

화려한 의상을 입고 장갑을 낀 새침해 보이는 속세의 결혼과 쾌락, 허영심을 상징하는 미인과 벌거벗은 나체, 즉 천상의 비너스의 성스러운 사랑과 대비시켜 세속적 사랑의 덧없음을 표현하였다. (당시에는 벗은 나체의 몸을 신이 인간을 만든 원형이라 여겨 더 신성시했다고 한다.)

셰익스피어의《베니스의 상인》이 말해주듯 16세기의 베네치아는 무역이 번창함에 따라 유럽에서 가장 먼저 세속적이며 상업적인 삶이 일상화되기 시작했다. 전원적인 분위기의〈천상과 세속의 사랑〉은 폭이 3m에 달하는 초대형 작품이다. 한 귀족이 결혼을 기념하며 자신의 신부에게 선물로 주기위해 주문제작 했다고 한다. 선명하고도 대담한 색채와 의복의 명암법과 여체의 관능적이면서도 온화한 시각적 만족감은 티치아노 화법의 능수능란함까지 보여주고 있다. 그러나 이 초대형 작품은 시각적이며 외적인 요소보다 결혼하는 한 쌍의 예비부부에게 사랑과 결혼에 대한 교훈과 은유적 메시지를 전달하는 능력을 보여줌으로써 영원한 대작으로서 인정받고 있다.

티치아노의〈우르비노의 비너스〉는 그리스의 이성적이며 차갑고 멀게만 느껴지는 환상적인 나체미를 여유와 한가함이 느껴지는 귀부인의 누드로 바뀌 표현 되어졌다.〈우르비노의 비너스〉의 '우르비노'는 이탈리아의 도시 이름으로 곤차가 가문

티치아노, 〈우르비노의 비너스〉

의 지배하에 있었다. 곤차가 가문의 귀도발도 델라 로베라는 베네치아를 대표하며 명성을 날리던 티치아노에게 그림을 주문했는데 이는 그와 신부의 결혼을 축하하고 신혼방을 장식하기 위해였다고 한다. 〈우르비노의 비너스〉는 그야말로 신혼방의 한 벽면에 걸려졌으며 단순한 누드로 많은 사람들의 눈요깃거리로 그려진 것이 아닌, 신혼부부에게 전해질 정신성이 돋보이는 그림임에 틀림없다.

〈우르비노의 비너스〉의 주인공이 아침에 잠에서 깨어나 하녀가 벌거벗은 자신에게 옷을 가져오기를 기다리는 여인. 여인의 나체는 어떻게 다가오는가? 티치아노의 섬세한 터치와 온화한 색의 배합은 침실에 너무나도 잘 어울릴 것이며 결혼한 부부의 침실에서의 사랑을 연상케 하기에 충분하다. 하지만 그것만이 부부생활을 의미하는 것은 아닐 것이다. 그녀의 눈길과 시선은 어떠한가? 무심해보이면서도 부끄럼 없는 표정에서 비밀이 없는 결혼생활의 정직성의 상징을 엿볼 수 있다. 나체의 관능미를 넘어선 정직성과 부끄러움 없는 결혼생활에 대한 자세를 티치아노는 보여주고자 하였으며, 또한 예술적 아름다움과 은밀함을 잃지 않음은 그의 표현성을 높이 살 수밖에 없음이리라.

그의 〈우르비노의 비너스〉는 조르조네의 〈잠든 비너스〉, 에두아르 마네의 〈올랭피아〉로 재탄생되는 등 누드의 형식적인 면에서 화가들의 선망의 대상이 된다. 하지만 조르조네와 마네의 누드와는 사뭇 다름과 우아함을 잃지 않는 티치아노의 비너스는 형식에 절대 밀리지 않는 정신성을 토대로 했기 때문일 것이다.

가벼운 사랑과 헤어짐이 너무도 쉽게 반복되며 결혼을 조건부로 생각하는 현대에서 티치아노의 그림은 감상해 볼 가치가 있을 것이다.

티치아노 베첼리오는 베네치아 양식의 절정을 가져온 미술사에서 전무후무한 최고조를 가져온 화가로 유명하다. 로마의 황제 카를 5세는 떨어뜨린 붓을 주워줄 정도로 그를 총애했으며, 그의 형식과 색채의 혁명성은 베네치아 양식을 절정에 오르게 하기에 충분했다. 르네상스 시대는 그가 죽음으로써 실질적으로 막을 내렸다고 모든 평론가들은 이야기한다. 그는 90세가 넘도록 외롭게 그림에만 전념하는 삶을 살았으며, 교황과 제왕, 군주들과 제후들이 그의 그림을 탐냈지만 그의 그림을 얻기는 힘들었다고 한다.

팜므 파탈의 원조, 세이렌

존 워터하우스 | 율리시스와 세이렌

혼자서 사는 사람들이 많은 요즘이다. 특히 경제적 능력과 사회 전반적인 분위기의 변화는 여자들의 독신 생활은 흔한 일이 되었다. 예전에는 꿈도 꾸지 못했을 현상이다. 남자가 혼자 사는 것은 그럴 만한 이유가 있다고 여겼지만, 여자가 혼기가 차도 싱글 라이프를 즐긴다면 여기 저기서 손가락질을 받았던 게 그리 옛날의 이야기는 아니다. 혼자서도 잘 살고, 자기만의 인생을 누리며 살아가는 여자들은 이제 부러움의 대상이 되었다. 얽매이는 것 없이 자유로운 생활과 하고 싶은 것을 즐기는 여유는 오히려 아직은 남성중심의 경쟁사회에서 스트레스가 체질화된 남자들에 비해 훨씬 우위에 있는 듯 보인다.

팜므 파탈은 이러한 현대 여성상과 많이 닮아 있다. 19세기의 산업화와 여권 신장이 급격화로 이루어지면서 팜므 파탈에 대한 관념과 이미지가 더욱 뚜렷해졌는데, 지금이라고 그러하지 않을까. 팜므 파탈은 가까이 하면 할 수록 비극을 부르는 운명이다. 프랑스어로 'femme fatale', 치명적인 여인이라는 뜻이다. 'fatale'은 '치명적인, 죽음을 초래하는'을 뜻하는 영단어 'fatal'로 파생되어 심각한 병환(fatal disease)을 표현할 때 사용된다.

'나쁜 여자'에게 매력을 느끼는 것은 어제 오늘 일이 아니다. 물론 시대에 따라 모습이 바뀌기는 했지만, 주변의 힘을 흡수하는 듯한 묘한 매력은 변하지 않는다. 어디에 내놓아도 당당하다 못해 위험할 정도로 뇌쇄적이고, 아름답게 가꾼 얼굴과 몸매에, 사람을 끌어들이는 눈빛까지. 특히나 1940년대 느와르 영화에서 현대적으로 재등장한 팜므 파탈의 이미지는 현재까지 위력을 발휘한다. 그렇다면 팜므 파탈의 원형은 무엇일까.

19세기 영국의 화가 존 워터하우스(1849~1917)는 기원전 700년에 기록된 서사시 〈오디세이아〉의 사건을 〈율리시스와 사이렌〉이라는 작품으로 보여준다. 아르고 호를 타고 모험을 계속하

존 워터하우스, 〈Ulysses and the Sirens〉, 1891, 캔버스에 유채/99cm×201cm

는 그들 앞에 세이렌은 아름다운 목소리로 오디세우스와 선원들을 죽음으로 유혹한다. 세이렌은 팜므 파탈의 원형으로 보여지는 신화 속 존재다. 동서양을 막론하고 고대로부터 전해지는 신화 속 존재의 신비로운 이야기는 상상력을 자극한다. 그래서 예술가들은 여러 경로를 통해 우리의 환상을 표현해 왔는데, 세이렌은 그 모습이 다양하게 변해왔다.

시적인 소재나 신화, 문학에서 영감을 받아 그림을 그린 존

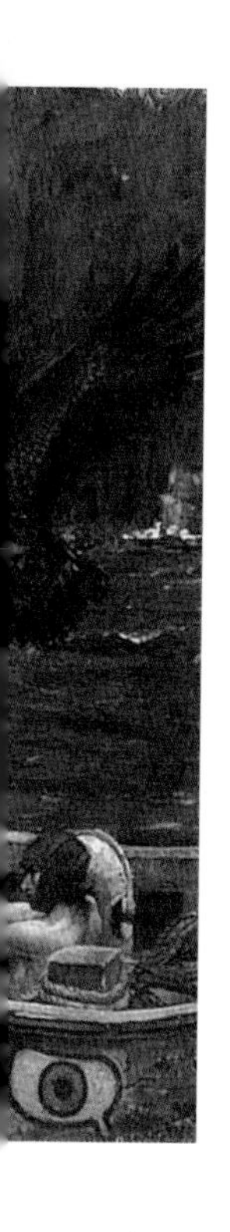

워터하우스의 작품 중 〈인어〉는 좀 더 우리에게 익숙한 모습의 세이렌을 그 또한 역시 인어에 대한 전설에서 세이렌의 화신을 그려냈다. 화폭 속의 인어는 뱃사공을 유혹하기 위해 바위에 앉아 거울을 보고 머리를 빗는다는 음유시인들의 노래가 그의 영감이 되었을 것이다.

그림 속 인어는 기암절벽 뒤 깊은 바닷가에서 머리카락을 말리며 뱃사공들을 유혹하기 위해 기다리고 있는 듯하다. 감상자의 시선은 정중앙에 자리한 인어에게 집중된다. 우윳빛의 하얀 살결은 거친 질감의 배경과 대조를 이루어 빛이 난다. 하반신의 꼬리는 은빛이 돌며 막 물에서 올라온 축축한 비늘의 질감이 실감난다. 인어는 나체에 달라 붙은 갈색 머리를 빗으며 어깨 너머로 시선을 고정하고 있다. 살짝 벌린 입술은 아름다운 목소리로 금방이라도 노래를 부를 것만 같다.

이상적인 여인상을 추구하여 아름다운 여성의 그림을 많이 남긴 워터하우스는 이 인어에게도 어김없이 팜므 파탈의 이미지를 부여했다. 아름답지만 미소를 띄지 않은 그녀의 눈빛에서 어딘지 모르게 음험한 느낌을 지울 수 없다. 나체의 상반신과 꼬리의 비늘의 대조는 여성의 아름다움과 요괴의 본질의 모순을 더욱 부각시킨다. 또한 머리를 빗고 있는 행위는 성적인 상징을 부여한다. 이를 통해 팜므 파탈이 지닌 성적인 힘이 관능적으로 표현되었다.

1900년대 오스트리아의 비엔나의 미술계를 지배한 클림트도 세이렌을 주제로 작품을 남겼다. 상징주의와 아르누보의 화가였던 그는 관능적이고 에로틱한 여인들을 묘사한 그림으로 또한 유명하다. 그만큼 많은 작품 속에서 팜므 파탈의 모습을 신화와 전설로부터 받은 영감을 통해 남겼다. 물은 클림트의 작품 세계에서 중요한 요소였다, 물이 생명의 순환과 소멸을 상징하는 동시에, 생명을 주는 여성의 능력과 파멸에 이르게 하는 팜므 파탈의 마성을 비유하게 때문이다.

클림트의 〈세이렌〉에는 두 명의 여인 얼굴을 한 물고기 형태의 피사체가 등장한다. 은빛 점은 물고기나 인어의 비늘처럼 몸을 가득 덮고 있고, 두 여인의 얼굴은 다른 빛을 띄고 있다. 붉게 혈색이 도는 여인은 무심하지만 아름다운 얼굴의 선을 가지고 있고, 뒤 편의 여인은 창백한 푸른색의 낯빛을 하고 기괴한 시선을 하고 있다. 유혹과 죽음을 동시에 선사하는 세이렌의 양면성이 두 개의 자아로 표현되어 있는 듯 하다. 황금색으로 장식된 배경은 클림트풍의 화려함을 더한다.

이처럼 마성의 아름다움을 지닌 팜므 파탈의 원형이 된 세이렌은 오디세우스의 항해에서 두 번이나 그를 위험에 빠뜨린다. 또한 서구 중세 문명의 근간을 이루는 기독교적 측면에서 항해와 여정이 인생을 비유하는 수사적 표현이다. 이를 생각해 보면, 세이렌은 인생에서 반드시 겪게 되는 위기 또는 시험이라고 볼

구스타브 클림트, 〈The Sirens〉, 1889, 캔버스에 유채/82cm×52cm

존 워터하우스, 〈A Mermaid〉, 1901, 캔버스에 유채/ 67cm x 98cm

수 있다. 허나 종교적인 문맥을 떠나서 생각해 보더라도 그녀들의 유혹에 넘어가 죽음으로 끝맺는 것은 역시 비극이다.

세이렌은 반인반조의 원형에서 매혹적인 인어로 변모하였다. 그리고 관능적인 인어는 작가 안데르센에 의해 다시 한 번 손질을 거친다. 그의 인어에 대한 극적인 탈바꿈은 더 이상 유혹에 목마른 팜므 파탈이 아니라, 순수한 사랑을 갈구하는 여인으로 순화했다. 이를 바탕으로 디즈니사는 빨간 머리의 발랄한 인어공주를 탄생시켰다. 덕분에 신화와 전설 속의 위험한 인어는 현대에 와서 친숙하고 사랑스러운 존재가 되었다.

수많은 19세기 화가들의 소재가 되었던 세이렌은 경제적, 문화적 급변으로 인한 남녀의 전통적 위계 질서의 변화를 잘 보여주는 예다. 여성의 권리와 지위가 상승하고 이에 위협을 느끼는 동시에 본능적으로 여성에게 끌릴 수 밖에 없는 남성의 딜레마가 투영된 시대상이라고도 할 수 있다. 세이렌의 노래를 듣기 위한 욕망으로 자신의 몸을 힘껏 결박할 수 밖에 없었던 오디세우스가 이를 잘 나타내고 있는 것이 아닐까.

시대의 물살을 따라 변하는 여성의 역할과 지위를 따라 세이렌의 외형 또한 변해 왔다. 미래의 세이렌은 어떤 모습으로 진화할지 모르겠다. 그러나 이 신비한 존재는 아름다운 목소리로 뱃사공을 파멸로 이끄는 불가항력적인 여인, 팜프 파탈 그 자체이다.

디즈니사의 인어공주

현존하는 최고의 명품, 모나리자는 왜 서양 미술의 아이콘이 될 수 있었는가?

르네상스의 3대 거장 라파엘로, 레오나르도 다빈치, 미켈란젤로가 있으며 레오나르도 다빈치가 그린 모나리자는 오늘날 가장 유명한 걸작으로 알려져 있다. 중세시대에서 왕이나 귀족, 또는 종교화를 그리던 시대에 상인의 부인을 그릴 수 있었을까? 르네상스로 넘어 오면서 레오나르도 다빈치는 이 그림을 통해 여인의 겉모습이 아닌 본질을 묘사함으로 모든 인간이 자기 삶의 목표로 하고 있는 행복. 그 행복감을 표현의 목표로 한 것이다. 인간의 욕구가 인류 최초의 예술인 구석기의 벽화에서 출발하여 인류 역사상 최고의 아름다움을 추구한 르네상스로 이어지면서, 서양 미술의 아이콘이 될 수 있지는 않았을까?

모나리자의 모나는 이탈리아어로 유부녀에 대한 경칭, 리자는 피렌체의 부유한 상인 조콘다의 부인 이름이다. 조 콘다부인은 G.포지의 조사를 통하여 피렌체의 안토니오마리아 디 놀드 게라르디니의 딸임이 판명되었다. 따라서 본명은 리사 게라르디니(Lisa Gherardini)이다

이 작품은 다빈치가 프랑스의 프랑수아 1세의 초청을 받았을 때 이 미완성의 초상화를 가지고 갔었는데, 다빈치는 리자를 앞에 세워놓고 그녀의 일면을 꼼꼼히 살피고 관찰하여 그 모습을 세밀하게 화폭에 담고자 하였다. 그런데 그가 리자에게서 발견한 것은 단순한 인간미가 아니라 그녀의 내면에서 소박하게 피어오르는 잔잔한 행복의 미소였다. 다빈치는 이 작품을 그리기 위하여 악사와 광대를 불러 부인의 심기(心氣)를 항상 즐겁고 싱그럽게 함으로써 정숙한 미소를 머금은 표정, 편안한 손 등 신기(神技)를 표현할 수 있었다고 한다. 전기(傳記)작가 바사리에 따르면, 이 그림은 4년이 걸리고도 미완성인 채로 끝났다고 하는데, 레오나르도 다빈치의 원숙기인 제2피렌체시대에 해당하는 1503~1506년의 작품으로 추정된다. 요컨대 이 그림은 레오나르도 다빈치의 인간에 대한 오묘한 감정과 관능의 표현인 것이다. 이 그림의 역사적 경로에는 불분명한 점이 많아 모나리자에

대한 신비성의 깊이를 더하고 있다. 따라서 다빈치가 이 그림 속에 표현하고자 한 것은 초상화로서의 생생한 모습보다는 대상의 내면과 본질로 바뀌게 된다. 그리하여 모든 인간의 보편적 아름다움인 행복을 이 그림 속에 묘사한 것이다.

이 초상은 눈썹이 없는 것으로 유명한데, 이에 대해서는 당시 넓은 이마가 미인의 전형(典型)으로 여겨져, 여성들 사이에 눈썹을 뽑아버리는 일이 유행하였기 때문이라는 설, 미완성작이라는 설, 원래 눈썹이 그려졌으나 복원 과정에서 지워졌다는 설 등이 있다. 또 2009년에는 프랑스의 미술전문가가 240메가픽셀의 특수카메라를 사용하여 분석한 결과, 다빈치는 이 그림을 3차원으로 표현하기 위하여 유약으로 여러 겹을 특수처리하였고, 가장 바깥에 그려졌던 눈썹이 수백 년의 세월이 흐르는 동안 화학반응을 일으켜 사라지거나 떨어져나간 것이라는 주장을 제기하기도 하였다.특히 이 그림의 리자는 가냘프고 날씬한 모습이라는 르네상스 시대의 미인을 그리고 있지 않다. 어깨도 넓고 손도 무척 크다. 어떻게 보면 남자의 모습과도 비슷하다. 사람들은 이 리자의 모습에서 다빈치 자신의 모습을 찾기도 한다. 즉, 이 그림은 단순한 여자의 모습이 아니라 남성의 모습도 동시에 내포하는 형상으로 감정의 보편성뿐 아니라 성별의 차이를 초월한 인간

자체의 모습을 드러낸 르네상스 인본주의의 대표 작품인 것이다.

이처럼 〈모나리자〉는 다빈치가 그린 인간의 모습이지만 한 인간의 개성이 아닌 인간의 보편적 이미지로서의 행복이 표현되어 있는 것이다. 그리고 그 이미지는 관찰에 의한 사실적 이미지를 토대로 하고 있으며, 그 사실성은 결국 이성적 판단에 의한 것이다. 바로 르네상스 전성기가 도래했음을 알리는 작품인 것이다. 아마도 이런 인간의 행복한 모습에서 다빈치는 일찍이 잃어버린 모성의 실체, 즉 인간의 영원한 그리움이자 행복의 근원인 어머니의 이미지를 발견했는지도 모른다. 그러했기에 이 그림을 의뢰인에게 돌려주지 않고 평생을 가지고 다녔던 것은 아닐까?

모나리자의 미소를 지켜 볼수록 자연과학과 미술, 건축과 천문학 모든 학문에 조예가 깊었던 레오나르도 다빈치가 위대해 보이는 것은 왜 일까?

릴리언 슈바르츠의 〈모나-레오〉는 컴퓨터로 병렬시킨 이미지의 조합으로, 모나리자의 얼굴과 다빈치의 얼굴 사이에 존재하는 대칭 구조를 밝혀냈다.

Epilog

어느 순간 섬광처럼 깨달음이 다가왔다. 삶은 주어지는 것이 아니라 찾아내는 것이라는 분명한 이치에 다가섬이었다. 나 스스로를 구원시킬 분명한 깨달음은 미술과 숙명적으로 맺어지게 하였고, 이제 작은 결실을 보아 한 권의 책으로 만들어 내놓는다. 내 삶의 또 다른 분신인 미술과 미술에 담긴 사유의 파편들을 모은 이 책은 나 자신의 이력이며 정신적 성장의 기록이기도 하다.

스스로를 가두었던 사고의 굴레를 벗어나 저 푸른 하늘을 향해 날아오르는 해방과 자유의 기록이기도 하다. 인생살이에서 의미를 찾지 못하는 무수한 보편적 삶의 추종자들에게 미술을 통한 구원을 기록한 이 책이 작은 충격이라도 되기를 간절히 소망해본다.

귀국 후 공평화랑에서 큐레이터로 근무하던 시절 그림에 대한 소견은 물론 도전정신과 자신감을 불어넣어 주신 최유진 교수님, 마음이 피폐해질 때면 항상 치유해 주시는 김수량 총장님, 책 제목을 지어 주신 신천식 박사님께 깊은 감사를 드린다.

언제나 옆에서 지원해 주는 남편 이정훈님께 감사함을 전하며……

마지막으로 창의적인 역량을 살려 자기 영역에서 열심히 일하고 있는 맏아들 성규, 혼자 유학을 가서도 한 번도 속을 썩인 적 없는 씩씩한 막내아들 준규에게 이 책을 선물한다. 책에 담긴 열정과 용기가 아이들에게도 고스란히 전해지기를…….

세상을 읽어내는
화가들의 수다

명작에 숨겨진
이야기로 인생을 배우다

초판 1쇄 발행일 2016년 06월 24일
초판 2쇄 발행일 2016년 07월 25일

지은이 백영주
펴낸이 박영희
책임편집 김영림
디자인 박희경
마케팅 임자연
인쇄 · 제본 AP프린팅
펴낸곳 도서출판 어문학사
서울특별시 도봉구 쌍문동 523－21 나너울 카운티 1층
대표전화: 02-998-0094/편집부1: 02-998-2267, 편집부2: 02-998-2269
홈페이지: www.amhbook.com
트위터: @with_amhbook
페이스북: https://www.facebook.com/amhbook
블로그: 네이버 http://blog.naver.com/amhbook
다음 http://blog.daum.net/amhbook
e－mail: am@amhbook.com
등록: 2004년 4월 6일 제7－276호

ISBN 978-89-6184-412-3 03810
정가 18,000원

이 도서의 국립중앙도서관 출판예정도서목록(CIP)은 e-CIP홈페이지(http://www.nl.go.kr/ecip)와
국가자료공동목록시스템(http://www.nl.go.kr/kolisnet)에서 이용하실 수 있습니다.
(CIP제어번호: CIP 2016014161)